L'épouse du roi disparu

MAISEY YATES

L'épouse du roi disparu

Traduction française de
ANNE-LAURE PRIEUR

AZUR

HARLEQUIN

Collection : Azur

Titre original :
A BRIDE FOR THE LOST KING

HARPERCOLLINS FRANCE
83-85, boulevard Vincent-Auriol, 75646 PARIS CEDEX 13
Service Lectrices — Tél. : 01 45 82 47 47 - www.harlequin.fr
ISBN 978-2-2804-6768-1 — ISSN 0993-4448

Composé et édité par HarperCollins France.
Imprimé en février 2022 par CPI Black Print (Barcelone)
en utilisant 100% d'électricité renouvelable.
Dépôt légal : mars 2022.

FSC www.fsc.org MIXTE Papier issu de sources responsables FSC® C159065

Pour limiter l'empreinte environnementale de ses livres, HarperCollins France s'engage à n'utiliser que du papier fabriqué à partir de bois provenant de forêts gérées durablement et de manière responsable.

1.

— Quelle épée dois-je prendre pour notre visite à votre frère, Votre Altesse ?

Agnès inspecta son arsenal avec réflexion. Elle était le garde du corps officiel de Lazarus, souverain du royaume secret de la Forêt des Ombres, au cœur du pays de Liri. Un lieu de conte de fées, avait-elle imaginé, avant de le découvrir de ses propres yeux. C'était un pays dans un pays, composé d'un village comme figé dans le temps et d'un château taillé à même la montagne. Il disposait néanmoins de tout le confort moderne, tel que l'eau chaude ou la fibre optique. Les habitants de la Forêt vivaient en sécurité, protégés par les légendes entourant ces bois.

Au-delà s'étendait Liri, gouverné par Alexius, le frère de Lazarus. Un frère dont il avait été séparé enfant après s'être égaré dans les bois. Lazarus avait été sauvé d'une meute de loups par Agamemnon, alors chef de la Forêt des Ombres. Ce dernier avait vu en lui le salut de son peuple, opprimé par les Liriens et au bord de l'extinction. Officiellement, leur royaume n'existait pas, non reconnu par le reste du monde. Encore quelques semaines plus tôt, Lazarus lui-même n'existait pas non plus. Il voyageait librement sous un nom d'emprunt. Qui l'aurait soupçonné d'être le prince perdu de Liri, présumé mort des décennies plus tôt ?

En réalité, Lazarus planifiait depuis des années sa

vengeance contre sa famille. Il avait même failli enlever la fiancée de son frère dans les bois, avant de se raviser. Il avait promis à son prédécesseur de venger son peuple. De même qu'Agnès avait prêté serment à Lazarus, Lazarus avait prêté serment à Agamemnon. Il avait juré de rendre aux habitants de la Forêt des Ombres le trône de Liri. Car c'était à eux qu'il revenait, pas à la lignée d'Alexius et de Lazarus. Leur communauté avait été persécutée, affaiblie et contrainte de se réfugier dans les bois, mais elle n'avait pas disparu. Non, elle avait survécu en secret. Agnès n'était pas l'un d'eux, elle ne leur était pas liée par le sang. Mais cela leur était égal. Ils recueillaient sans discrimination les parias et les marginaux. Les laissés-pour-compte, livrés à eux-mêmes.

Les gens comme elle.

— Inutile de prendre une épée, Agnès.

Quand Lazarus décrétait quelque chose de cette voix mi-velours, mi-acier, on ne discutait pas. Elle aimait sa façon de prononcer son nom. De banal, il devenait délicieusement exotique dans sa bouche. Ce qu'elle aimait moins, en revanche, c'était l'ordre donné.

— Je ne peux pas voyager sans épée, Votre Altesse. Mon devoir est de vous protéger. Un serment de sang nous unit.

Elle leva le menton et soutint son regard. Lazarus en imposait du haut de son mètre quatre-vingt-quinze. Ses traits sévères, comme sculptés au burin, accentuaient cette impression. Des yeux noirs plus durs que l'obsidienne. Une bouche qui s'incurvait en un rictus cruel. Mais c'étaient surtout les cicatrices striant une partie de son visage qui lui donnaient des airs d'ange vengeur. Rien dans son apparence ne suggérait qu'il ait besoin d'être protégé.

Mais dans ce monde, *leur* monde au cœur de la Forêt, quiconque était sauvé d'une mort certaine jurait allégeance à son sauveur. Comme elle l'avait fait envers Lazarus huit ans plus tôt, alors qu'elle avait tout juste seize ans. Un lien indestructible les unissait. Il avait risqué sa vie pour la sienne. Chaque inspiration qu'elle prenait, chaque battement de son cœur lui appartenait. Comment le protéger efficacement sans arme ?

— Venir au palais avec une épée serait une déclaration de guerre, rappela-t-il comme si elle l'ignorait.

— C'est une mesure de précaution. Vous ne connaissez pas votre frère.

Elle était néanmoins soulagée de son inclination à éviter un conflit. L'objectif de Lazarus semblait avoir changé depuis sa décision d'accomplir sa vengeance contre Alexius. Ce jour-là, Agnès se tenait tapie entre les arbres, la main à l'épée, prête à intervenir à tout moment. Mais aucun combat n'avait eu lieu. Les deux frères s'étaient contentés de parler. Depuis, Lazarus restait flou sur ses intentions vis-à-vis de son royaume d'adoption et celui où il était né. Vis-à-vis de son frère. Alexius restait un homme auréolé de mystères. Leur reprise de contact était encourageante, mais pas assez pour lui inspirer confiance.

— À défaut d'une épée, au moins une dague…

— Et entrer en conflit ouvert ? Non, décréta Lazarus. Une vengeance efficace s'accomplit dans l'ombre.

La chair de poule lui hérissa la peau.

— Je croyais que vous aviez renoncé à vous venger, observa Agnès.

— N'ai-je jamais rien dit de tel ?

— Non, mais… vous lui avez parlé. Vous lui avez conseillé de rester avec Tinley. De l'aimer. Je vous ai entendu.

— En effet, convint-il. Et cela m'a fait revoir mes projets. Mais il fait face à un choix cornélien. La réconciliation, et me reconnaître comme roi, ou alors…

— Comme roi ?

— De Liri et de la Forêt des Ombres. Mon devoir est de rendre à notre peuple ce qu'on lui a volé.

— Pourquoi ne pas m'en avoir parlé avant ?

— Tu n'avais pas à le savoir, ma petite.

— S'il vous plaît, ne m'appelez pas ainsi, protesta Agnès. Aucun homme ne m'arrive à la cheville au combat. Ma taille ne m'empêche pas d'être redoutable.

— Je ne dis pas le contraire. Mais ton talent à l'épée n'est pas ce dont j'ai besoin dans l'immédiat.

— De quoi avez-vous besoin ?

— Tu m'as juré allégeance. Quels que soient mes ordres, tu obéiras, n'est-ce pas ?

— Bien sûr. Ma vie vous appartient.

Elle le pensait du fond du cœur.

— Bien. Tu ne m'accompagneras pas au palais en tant que garde du corps.

Agnès fronça les sourcils.

— Alors que serai-je censée être ?

— Ma fiancée.

Elle crut avoir mal entendu. Elle ? Sa fiancée ? C'est à peine si elle ressemblait à une femme ! Elle avait suivi la voie de l'épée. Des années d'entraînement avaient fait d'elle une guerrière au corps tout en muscles et à l'instinct acéré. Un entraînement dispensé par Lazarus lui-même. Elle ignorait comment être féminine. Elle ne se sentait pas à sa place parmi les femmes du village dans leurs robes colorées. Mais n'était-ce pas l'histoire de sa vie ? Elle s'était toujours sentie à l'écart. Différente des autres.

C'était Lazarus qui l'avait sauvée et amenée dans la Forêt. Ses cinq assaillants n'avaient pas fait le poids. En un éclair, il les avait mis au tapis, sans recevoir la moindre égratignure. Lui seul demeurait debout, en pantalon noir et chemise blanche restés miraculeusement impeccables. Ce style soigné contrastait avec son physique de barbare. Des cheveux noirs coupés avec une précision millimétrée.

Une carrure imposante. Des manches retroussées sur des bras musclés. Il l'avait terrifiée autant que fascinée.

Le père d'Agnès était décédé. Toute menace immédiate, écartée. Mais combien d'autres dangers guettaient une adolescente de seize ans seule au monde, ne sachant rien de la vie ? Rien d'autre que ce que son escroc de père lui avait appris… Oh ! elle connaissait d'innombrables moyens de survivre, mais aucun que n'approuve sa conscience. Alors quand ce puissant guerrier surgi de nulle part avait tourné les talons, elle l'avait suivi.

« Où allez-vous ? » avait-elle demandé.

Il ne lui avait pas accordé un regard.

« Je retourne dans mon royaume. »

« Je peux venir avec vous ? »

Il s'était retourné, alors, et l'avait scrutée avec gravité. C'est là que cela l'avait frappée : il était l'homme le plus beau qu'elle ait jamais vu. Le plus effrayant aussi.

« Dans mon pays existe une tradition, avait-il énoncé. Quand on sauve la vie de quelqu'un, cette personne vous la doit et se place à votre service. Est-ce le genre d'existence que tu souhaites ? »

« Où de telles traditions ont-elles encore cours ? »

« Chez moi. »

Il parlait avec un accent marqué, absolument captivant.

« Alors vous êtes un roi ou quelque chose comme ça ? »

Ses lèvres s'étaient incurvées.

« Quelque chose comme ça, oui. »

Agnès s'était demandé si elle ne se frottait pas à un danger plus grand encore que celui auquel elle venait d'échapper. Mais il lui avait sauvé la vie sans que rien ne l'y oblige. C'était bien qu'il ne comptait pas la tuer, non ? Pour le reste… elle aviserait.

La suite lui avait confirmé que Lazarus ne plaisantait pas. Les traditions étaient sacrées pour lui, et il attendait énormément d'elle. Il avait fait d'elle une guerrière, une option qu'elle n'aurait jamais crue possible pour une fille comme elle. C'est ainsi qu'elle lui avait prêté allégeance, à lui et à son pays. Pour lui, elle avait entièrement revu ses aspirations d'avenir.

— Votre fiancée…

Jamais sa loyauté n'avait été à ce point mise à l'épreuve. C'était… un non-sens. Il était roi, et elle, une moins-que-rien ramassée dans les rues de Paris. Avant cela, elle avait écumé celles de nombreuses autres villes, aux États-Unis et à travers l'Europe. Partout où les amenaient les arnaques de son père. Elle parlait des bribes de différentes langues, mais n'en maîtrisait aucune. Elle n'avait ni pays ni maître. Jusqu'à ce que sa route croise celle de Lazarus. Elle avait fait le serment de le protéger, car c'était tout ce qu'elle pourrait jamais être pour lui – un garde du corps. Lazarus était plus qu'un homme, c'était un dieu. Intouchable et inaccessible. Elle ignorait jusqu'à son âge. Mais cela n'avait aucune importance. Il était tout, et elle, rien.

— Excusez-moi, j'ai dû mal comprendre…

— Nous savons tous les deux que ce n'est pas le cas. Tes sens sont plus affûtés qu'un scalpel.

— Grâce à vous, répondit-elle, non sans sarcasme.

— Tu comprends donc ce qu'il en est.

— Je crains que non.

— Tu es mon bras droit depuis des années, Agnès. Revendiquer le trône est mon devoir envers ce pays.

Oui, son bras droit. Elle n'était qu'un outil. Un bouclier. Pas une femme. Pas à ses yeux.

Si cela la blessait, c'était son problème. Personne n'y pouvait rien. Il lui faudrait simplement l'endurer. Elle avait subi tant de déconvenues dans sa vie. Une de plus ou de moins… Elle l'aimait. Tout en elle lui appartenait. Son épée, son âme. Son corps. Elle avait connu ses premiers émois lors de leurs entraînements, troublée par le jeu de ses muscles quand il bougeait. C'est là qu'elle avait compris ce que c'était qu'être une femme. Elle s'était éveillée au désir à son contact. Il lui inspirait des fantasmes qu'elle n'aurait jamais cru possible d'avoir. Mais il ne la voyait pas comme une femme, et elle l'avait accepté. Pour lui, elle était juste Agnès. Au moins, elle occupait une place à part, c'était déjà cela. Elle n'était pas comme ces blondes pulpeuses qui défilaient dans son lit le temps d'une nuit. Ce qui les liait était mille fois plus précieux. Elle comptait pour lui, et c'était réciproque, même s'il ne serait jamais à elle.

Ainsi, donc, elle s'était trompée. Lazarus n'avait pas choisi le chemin du pardon. À vrai dire, elle ignorait tout de ses réelles intentions.

— Il s'agit avant tout d'une revendication. Le moment est venu de rendre des comptes, déclara Lazarus. Bien sûr, il est possible que le sang coule. C'est regrettable, mais c'est comme ça.

Agnès songea à la jeune fiancée du roi Alexius. La future reine Tinley à la flamboyante crinière rousse. Une fille adorable qui ne méritait pas qu'on lui fasse du mal. Agnès ne l'avait aperçue qu'une fois, depuis sa position en embuscade dans les bois. Mais elle en avait vu assez.

— Épargnerez-vous au moins Tinley ?

— J'épargnerai Alexius s'il accède à mes exigences. Mais il est rare qu'un roi renonce à son royaume.

— Vous estimez qu'il n'a aucun droit sur Liri, n'est-ce pas ?

— Ma famille s'est emparée du pays de force. *Notre* famille, tonna Lazarus. C'est mon devoir de réparer nos torts. Ce n'est pas à eux que j'ai juré fidélité, mais au peuple de la Forêt. Je tiendrai ma promesse. Si Alex est prêt à se racheter, il n'y aura aucune violence. Dans le cas contraire…

— Je comprends, dit Agnès. Mais ne pourrions-nous pas…

— Négocier ? Emprunter des chemins détournés ? Nous ne montons pas une escroquerie, Agnès.

Une honte cuisante lui brûla les joues. Son père était peut-être une crapule, mais pas elle.

— Ce n'est pas ce que je voulais dire.

— Je sais. Mais le fait est que nous ne sortons pas du même moule, toi et moi.

— Je sors du moule dans lequel vous m'avez façonnée, dit Agnès en levant le menton. Ne me laisserez-vous vraiment pas porter une épée ?

— Je te l'ai dit. Je ne veux pas de conflit ouvert.

— Il s'agit pourtant bien d'une guerre.

Elle interpréta la légère crispation de sa mâchoire comme une confirmation, qu'il l'admette ou non.

— Une nouvelle garde-robe te sera fournie. À Paris.

— Paris ? Je connais déjà par cœur.

— Ses quartiers mal famés, peut-être. Là, ce sera autre chose.

Cela ne ressemblait pas à Lazarus de remuer le couteau dans la plaie. Il n'était pas si froid, d'habitude. Mais peu importait ce qu'il disait, quand et comment. Elle avait prêté allégeance. Son destin était scellé. Qu'elle soit d'accord ou non, elle n'avait pas son mot à dire. Elle était juste Agnès, sans nom de famille. Agnès de la Forêt des Ombres, garde du corps de Lazarus. Rien de plus.

— À vos ordres, dit-elle à contrecœur.

— Bien, alors c'est entendu. Tu m'accompagnes à Paris.

2.

L'argent n'avait aucune importance dans la Forêt des Ombres. Mais Lazarus savait l'utiliser à son avantage et se fondre dans les cercles privilégiés qu'il lui arrivait de devoir infiltrer. Agamemnon lui avait appris qu'un souverain, même secret, se devait de connaître les rouages du monde extérieur. Il l'avait aidé à se créer une identité afin d'obtenir les papiers nécessaires pour voyager – et exister. Il lui avait enseigné comment investir et faire fructifier leur argent. Lazarus avait démontré un talent exceptionnel dans ce domaine. Ce que possédait son peuple, il l'avait multiplié au centuple. Il évoluait avec aisance entre les bois et le reste de l'Europe, où il troquait son manteau de gardien de la Forêt contre un costume-cravate civilisé.

Il n'emmenait jamais Agnès lors de ces séjours, même si c'était durant l'un d'eux qu'il l'avait rencontrée. C'était la seule fois où ils avaient voyagé ensemble de cette façon. Elle n'aimait pas cela. Mais elle n'aimait pas non plus le quitter des yeux. Elle lui était toute dévouée, sa petite guerrière, bien qu'il n'eût pas besoin d'elle pour se défendre. Non, s'il la tenait à l'écart, c'était pour la protéger *elle*. Elle se vexerait si elle le savait. Pauvre Agnès.

Mais c'était différent, cette fois. Elle pouvait se révéler utile. Alexius tenait à ce qu'ils développent une relation fraternelle. Lazarus ne partageait pas cette volonté et n'en éprouvait aucune culpabilité, trop endurci par son passé et la perte prématurée de sa famille. Une famille qui n'avait même pas cherché à le retrouver. Lui et Alexius ne s'étaient vus que deux fois depuis leurs retrouvailles. Son frère l'avait invité à séjourner avec lui et Tinley au palais avant leur mariage, ce qui lui avait laissé quelques semaines pour réfléchir à un plan d'action. La présence d'une fiancée à son bras atténuerait le choc de son apparence.

Lazarus était habitué depuis longtemps aux cicatrices sur son visage. Dans la Forêt, c'était un symbole de force et de survie. Dans le monde extérieur, on le dévisageait parfois avec frayeur. Mais nombreuses étaient les femmes fascinées par ces blessures. Elles lui donnaient un côté dangereux que la gent féminine trouvait extrêmement séduisant. Il avait donc appris à s'en servir à son avantage. Tout comme il se servirait d'Agnès pour avoir l'air plus humain.

Agnès était pourtant tout sauf douce et fragile. Au contraire, son agilité n'avait d'égale que sa férocité au combat. Sa petite taille n'en laissait rien paraître, mais des années d'entraînement avaient développé chez elle une solide musculature. Sa vivacité d'esprit allait de pair avec celle de ses mouvements.

Assise par terre dans son jet privé, elle portait son uniforme habituel : un baggy en lin et un haut tout aussi informe. Ses genoux étaient ramenés contre sa poitrine, ses cheveux noirs noués en une queue-de-cheval haute. Ce voyage lui déplaisait, cela se lisait dans ses yeux. Elle avait déclaré ne pas avoir de pays avant de venir vivre dans le sien, caché au cœur d'un autre. De fait, il était difficile de deviner ses origines. D'où venaient ces yeux de chat ? Ces lèvres charnues ? Ce teint couleur cannelle ? Elle était très jolie. Non qu'il se souciât de son physique. Simplement, sa beauté la rendait crédible dans le rôle de sa fiancée.

— S'il y a des fauteuils, c'est pour s'asseoir dedans, remarqua-t-il.

Elle leva la tête.

— Je préfère rester par terre.

— Tu n'es pas un animal sauvage. Te comporter comme tel n'est ni dans mon intérêt ni dans le tien.

Un pli désapprobateur creusa son front.

— Est-ce dans l'intérêt d'un guerrier de se relâcher ?

— Tu n'es pas ici en tant que guerrière.

— C'est bien ce qui me dérange.

— Personne ne connaît mes plans, c'est trop dangereux. J'ai besoin de quelqu'un de confiance. Puis-je te faire confiance, Agnès ?

La jeune femme se leva d'un bond.

— Bien sûr ! Je donnerais ma vie pour vous.

— C'est ce que je pensais. Vois ce voyage comme une simple mission parmi d'autres.

Avec réticence, elle s'assit du bout des fesses dans un fauteuil, le plus éloigné du sien. Drôle de fille. Sa requête la déstabilisait-elle à ce point ? Il est vrai qu'elle n'avait pas l'habitude d'un tel confort. Dans les bois, ils menaient une vie simple. Elle semblait heureuse là-bas, bien qu'elle n'ait aucun ami. Lui non plus, d'ailleurs. À bien des égards, lui et Agnès se ressemblaient. Ils restaient à l'écart des autres et faisaient passer leur devoir avant tout. Ils n'étaient pas frivoles, ni l'un ni l'autre.

Il allait pourtant falloir l'être dans les jours à venir. La nouvelle de sa « résurrection » avait fait le tour du monde, le propulsant sous le feu des projecteurs. S'il s'était déjà fait un nom dans le milieu des affaires, il évitait généralement d'attirer l'attention, pour des raisons évidentes. Mais la situation avait changé. Ses fiançailles devaient bénéficier de la même publicité, sans quoi elles ne seraient pas crédibles. Son frère, et le reste du monde, s'attendait certainement à ce qu'il couvre sa jeune fiancée de cadeaux. D'où ce voyage à Paris. Il tenait à soigner son image publique.

Bien sûr, il devrait réellement se marier un jour. Produire un héritier. Mais dans la Forêt les rituels de séduction se passaient différemment. Les amants échangeaient leurs vœux sans que personne d'autre ne soit impliqué. Dans le monde extérieur, il n'en allait pas ainsi. Lazarus préférait de loin la manière de faire de son peuple.

À l'aéroport de Paris, une luxueuse berline les attendait. Le chauffeur se chargea de ranger leurs affaires dans le coffre. Agnès monta dans la voiture tête baissée, la mine renfrognée.

— D'où tenez-vous tout cela ? demanda-t-elle lorsqu'ils furent sur la route.

— Tu sais bien que j'ai décuplé les richesses de notre royaume, non ?

— Oui, mais… je n'avais pas compris qu'il s'agissait de richesses dans le sens de celles d'ici.

Dans les bois, la valeur d'une chose découlait de son utilité ou de sa beauté. Du temps, du talent et des efforts consacrés à sa création. Pour autant, ils ne pouvaient prospérer sans les infrastructures du monde extérieur. C'était tout bonnement impossible. L'argent était donc une denrée indispensable. Enrichir son royaume avait été sa priorité absolue afin d'assurer un avenir meilleur à son peuple.

— Bien sûr que si, répondit-il. Je suis un homme pragmatique, Agnès.

— Justement. Ce monde est tout sauf pragmatique, rétorqua-t-elle. Vous oubliez que j'y ai vécu, et plus longtemps que vous.

Il la dévisagea un moment. C'est vrai qu'il lui arrivait de l'oublier.

— En effet. Tu appartiens à ce monde-là.

— Non, réfuta-t-elle en regardant par la fenêtre. J'ai rompu tout lien avec lui. Il n'y avait rien pour moi, ici.

— Vraimcnt ? Tu ne manques pourtant pas de ressources.

— C'est vrai.

Elle tourna la tête vers lui et soutint son regard sans ciller.

— Mais revenir ici me rappelle ce que j'y serais devenue. J'étais prête à faire ce qu'il fallait pour survivre. Avant que vous ne m'appreniez à me battre, je m'étais résignée au fait que vendre mon corps soit ma seule option.

L'idée qu'Agnès, sa fière et féroce guerrière, soit contrainte de se prostituer pour de l'argent le fit frémir de rage.

— Ce monde est un fléau, maugréa-t-il.

Lazarus avait ouvert le royaume à la technologie et à l'importation de biens extérieurs. La modernité avait ses vices autant que ses vertus. Leur propre monde n'était pas parfait. Mais leur communauté était petite, à peine un millier d'âmes. La moindre injustice était aussitôt punie et réparée. Profiter de la pauvreté d'autrui était proscrit. Le partage était la règle, et personne ne mourait de faim. Les plus faibles étaient pris en charge au sein d'une économie fondée essentiellement sur le troc.

— Vous prêchez une convertie. Je préfère largement manier l'épée.

La voiture les déposa directement devant une boutique haut de gamme. Quelques minutes plus tard, on les conduisait dans un salon d'essayage brillamment éclairé, dont un mur entier était recouvert de miroirs. Une sélection de plusieurs robes attendait sur un portant. Tout avait été préparé assez tôt, conformément aux ordres de Lazarus.

Une femme longiligne, habillée en noir de la tête aux pieds, apparut dans l'instant.

— Est-ce elle ? s'enquit-elle.

— Oui.

Lazarus ne se donna pas la peine de répondre en français ou en anglais. Il parlait en lirien. À la vendeuse de se débrouiller.

Agnès, elle, passa sans peine au français. La femme la conduisit dans la cabine. Presque aussitôt, elle en ressortit en hurlant d'une voix stridente.

— Cette sauvage a un couteau sur elle !

Agnès passa la tête par le rideau.

— Je n'allais pas venir sans arme. Vous ne risquez rien, ajouta-t-elle à l'intention de la vendeuse.

Lazarus croisa les bras sur son torse.

— Cette *sauvage* est ma fiancée, asséna-t-il sèchement. Vous ne mentionnerez le couteau à personne. Si on vous le demande, c'est une jeune femme charmante, adorée de son futur époux, ou vous pouvez dire adieu à notre commande. C'est bien compris ?

Les joues de la vendeuse virèrent à l'écarlate.

— Bien, Votre Altesse.

Elle disparut de nouveau derrière le rideau, d'où parvint à Lazarus un bruissement de tissu.

Quelques minutes plus tard, Agnès sortait à contrecœur de la cabine. Elle se sentait ridicule. Autrefois, son père l'habillait comme un garçon par souci de discrétion, ou de manière à ce qu'elle fasse plus jeune que son âge afin d'inspirer la pitié. Elle n'avait jamais rien porté de tel. La robe rouge la moulait si étroitement qu'elle avait l'impression d'être nue. Là, sous les yeux de Lazarus ! Un feu ardent se propagea dans tout son corps.

— C'est indécent, marmonna-t-elle en se ruant dans la cabine.

L'indignation de la vendeuse était palpable même à travers le rideau. Elle étudia son reflet, à l'abri du regard pénétrant de Lazarus. Elle ne reconnaissait pas la femme dans le miroir, étonnamment mince et bien proportionnée. Un corps ancré dans les standards de ce monde, alors que sa crinière sauvage, elle, appartenait à un autre temps, un autre lieu.

Le rideau s'ouvrit brusquement sur Lazarus.

— Est-ce cela, la loyauté que tu prétends me vouer ? l'admonesta-t-il.

— Je n'ai pas souvenir que porter des robes fasse partie de mon rôle…

— Ton rôle est de m'obéir, Agnès.

Son regard adamantin la fit frissonner. Pour la première fois, elle l'avait défié, réalisa-t-elle. Lazarus était un chef juste qui encourageait la franchise à son égard. Agnès n'hésitait jamais à lui exprimer son opinion. Mais là, elle s'opposait ouvertement à lui. Peut-être était-ce le fait d'être ici, à Paris, où elle avait abandonné son ancienne vie au profit d'une nouvelle. Cet endroit la mettait à cran. L'attitude de Lazarus n'aidait pas.

— Je n'aime pas cela, pesta-t-elle.

Elle se sentait nue sous son regard brûlant. Plus que cela. Elle se sentait… Non, elle préférait ne pas approfondir la question.

— Agnès, tu feras ce que je te dis de faire, la rabroua-t-il durement.

— Ai-je vraiment besoin de parader ainsi devant vous ?

— Il ne s'agit pas de parader, mais de vérifier ta capacité à remplir ton rôle.

— Ma métamorphose n'est-elle pas assez convaincante ?

— Nous verrons cela quand nous aurons arrangé tes cheveux.

Il claqua des doigts d'un geste autoritaire.

— Tenue suivante.

La vendeuse réapparut, et le rideau fut de nouveau tiré. La deuxième robe était si près du corps qu'elle semblait avoir été peinte sur elle. D'un vert profond, elle accentuait encore ses courbes avec ses drapés, en particulier celui du corsage qui exposait le côté de ses seins.

Lazarus la détailla de la tête aux pieds. Agnès avait la peau en feu. Enfin, il la regardait comme une femme, mais pas de la façon dont elle aurait voulu. Son regard sur elle était calculateur. Il jaugeait son apparence comme il jaugeait l'utilité d'un outil. Car c'était tout ce qu'elle était – un outil. Elle préférait quand il se contentait de tester son habileté à l'épée. Cela faisait moins mal.

Le calvaire continua avec une robe dorée au jupon volumineux. Mais pas assez pour dissimuler une épée dans ses plis. De nouveau, Lazarus l'examina avec cette froide efficacité qui la mettait si mal à l'aise.

— Nous les prenons toutes, annonça-t-il. Tu as une silhouette avantageuse, Agnès. C'est pratique.

Agnès eut envie de lui arracher les yeux.

— Pratique ?

— Oui. Tous les styles te vont.

— Et si je n'en aime aucun ?

— Peu importent tes préférences, petite Agnès. Ce sont les miennes qui prévalent, tu le sais bien.

Agnès serra les dents. Une étrange frustration pulsait entre ses cuisses, comme… de la colère ? Elle avait pourtant accepté que son attirance pour Lazarus ne mène jamais nulle part. Sa loyauté envers lui demeurait inébranlable. Une loyauté à laquelle elle ne pouvait échapper. En prêtant allégeance à son royaume, elle lui avait offert sa vie. Pour la première fois, elle avait eu le sentiment de faire partie de quelque chose. Sa naissance avait été accidentelle. Son père n'avait jamais vraiment tenu ce rôle pour elle. Il ne se souciait que de lui-même. En entrant dans la vie de Lazarus, elle était devenue quelqu'un d'autre. Une femme capable d'une fidélité absolue. Une femme qui croyait en la vérité et prisait l'honnêteté. Une femme qui, chaque jour, tentait de trouver sa place dans ce vaste monde.

Son père aurait fait d'elle un escroc, comme lui. Quelqu'un qui ne songeait qu'à son confort et à son plaisir personnel. L'avait-elle oublié ? Ce qu'elle ressentait n'était pas le plus important. Suivre aveuglément ses désirs était égoïste et conduisait tout droit à la ruine. Elle était bien placée pour le savoir. Elle n'était qu'un pion pour son père, dont les manigances l'auraient tuée elle aussi sans l'intervention de Lazarus.

— À vos ordres, Votre Altesse.

Quelques minutes plus tard, ils remontaient dans la voiture. Agnès était fébrile et à cran. Quelque chose clochait. Ils ne reprenaient pas la direction de l'aéroport.

— Où allons-nous ?

— Faire nos débuts dans le monde en tant que couple.

— Je ne comprends pas… Si nous sommes en guerre, en quoi nous exhiber face aux médias est-il judicieux ?

— Ce n'est pas si simple. Et je te l'ai dit, mon but n'est pas de tuer mon frère. Je préférerais qu'il renonce de lui-même au trône.

Agnès secoua la tête. Ce genre de manœuvre lui déplaisait. Elle respectait Lazarus. C'était un homme bon, doté d'un profond sens de l'honneur. Mais elle s'interrogeait parfois sur sa capacité à voir la lumière à travers les ténèbres enveloppant son âme.

— Pour cela, je dois d'abord le mettre en confiance, continua-t-il.

Elle s'efforça d'ignorer les remous de sa conscience. Elle comprenait la démarche de Lazarus. Elle le connaissait mieux que quiconque. Il était son mentor. Plus que cela. Il était tout pour elle.

La voiture s'arrêta devant un bel immeuble au-delà duquel se découpait la tour Eiffel. Lazarus avait raison : au fond, elle ne connaissait pas vraiment Paris. Il descendit le premier et lui tint la portière, puis lui offrit son bras et l'entraîna dans un hall où les pierres apparentes le disputaient au marbre et aux dorures. Agnès avait la désagréable sensation de détonner. Mais nul ne lui prêta attention, chacun centré sur soi.

L'ascenseur les conduisit tout droit à un somptueux penthouse offrant une vue spectaculaire sur la ville. L'immense baie vitrée remplaçant tout un mur éclipsait le reste de l'appartement, car c'était Paris, le véritable décor : l'Arc de triomphe, la tour Eiffel, la Seine se déroulant entre les vieux quartiers. On apercevait des artistes devant leurs toiles, prêts à peindre le monde tel qu'ils le percevaient, ou des fashionistas vêtues à la dernière mode, déambulant dans les rues d'un air blasé derrière leurs lunettes de soleil démesurées. Tout était là, tellement français… Ce n'est qu'après coup qu'on appréciait le chic ultramoderne des lieux, avec son mariage de chrome et de ciment parsemés de touches de noir.

— C'est vous qui avez choisi cet appartement ? demanda-t-elle.

Auquel cas elle découvrait une facette inconnue de Lazarus. De qui il était en dehors de la Forêt et de son château de pierre.

— Non, répondit-il. J'ai confié cette tâche à l'un de mes employés. D'autres arriveront bientôt pour s'occuper de toi.

En effet, quelques minutes plus tard, un homme et deux femmes firent leur entrée. C'est tout juste si on ne la traîna pas jusqu'à une salle de bains de la taille d'un studio où elle et son père avaient vécu autrefois. Elle fut déshabillée, délestée de son arme malgré ses protestations, et plongée dans un bain parfumé. On lui fit un gommage et on lui coupa les cheveux, raccourcis à hauteur de ses omoplates en un dégradé asymétrique. On y plaça des bandes d'aluminium, et l'odeur chimique lui piqua les yeux. Cela lui rappelait les fois où elle se teignait les cheveux, enfant, quand elle et son père étaient en fuite et devaient se créer de nouvelles identités.

Blonde. Brune. Rousse.

Elle était passée par toutes les couleurs possibles. Cette fois cependant, la transformation ne fut que partielle. Seules ses pointes avaient été éclaircies dans une teinte brun caramel. Jamais elle n'avait eu l'air aussi adulte. Suivirent la pose du vernis à ongles, puis la séance de maquillage : un épais trait d'eye-liner pour accentuer ses yeux de chat, un peu de blush sur ses pommettes et du gloss sur ses lèvres. Vint ensuite la tenue. Pas les robes essayées plus tôt, mais une jupe en cachemire camel lui arrivant aux genoux, un pull gris et une paire de chaussures noires à talons compensés, ainsi qu'un long manteau assorti à la jupe.

L'équipe responsable de sa métamorphose disparut comme elle était venue. Personne ne lui avait vraiment adressé la parole. On s'était contenté de la traiter comme une poupée. Agnès ne se reconnaissait pas. Sa seule consolation était que cette tenue permettait enfin d'y cacher une épée. Mais l'inconnue dans le miroir la troublait. C'était différent, bien sûr, de ses transformations quand elle et son père déménageaient. Mais cela lui rappelait quand même cette époque où changer d'apparence était devenu un moyen de survie.

Aujourd'hui, elle participait à un mensonge.

Mais en faisant cela, tu restes fidèle à Lazarus, lui souffla une petite voix. *Tu es toujours Agnès de la Forêt des Ombres.*

Elle se regarda encore et éprouva une étrange fierté. Elle était belle. Une vraie femme. Elle rejeta aussitôt cette idée en bloc. Non, ce n'était qu'une illusion. Furieuse de ce moment de faiblesse, elle s'approcha de sa valise et en sortit l'épée qu'elle y avait cachée. Elle souleva son pull, puis dégrafa sa jupe et fixa solidement l'arme sous ses vêtements. Une fois prête, elle regagna le salon afin d'y recevoir ses ordres.

Rien n'aurait pu la préparer à la vision qui l'y attendait.

Lazarus tel qu'elle ne l'avait jamais vu avant : en costume noir de créateur et long manteau sombre, ses cheveux de jais coiffés en arrière. Un style qui mettait en valeur la perfection de ses traits.

Pour la première fois, Agnès eut vraiment conscience de qui lui faisait face : Lazarus, prince de Liri. Un homme qui aurait dû grandir dans un palais, si on ne l'avait pas laissé se perdre dans les bois, où le peuple de la Forêt l'avait enlevé. À vrai dire, elle s'étonnait que sa vengeance ne soit pas plutôt dirigée contre eux, qui l'avaient arraché à une vie facile et luxueuse pour un monde d'une extrême dureté.

Ce monde, pourtant, Agnès l'aimait. Le sort qui l'attendait à Paris aurait été bien pire. Sans Lazarus, elle serait morte au fond d'une ruelle anonyme, de la main des mêmes hommes qui avaient tué son père. Lazarus, lui, aurait été un prince. Il aurait eu une famille. Des parents. Il aurait été encore plus magnifique sans aucune de ces cicatrices lacérant son visage et son corps. Mais ces cicatrices, Agnès les aimait aussi. Elle les trouvait belles, car elles témoignaient des souffrances qu'il avait endurées, et qui l'avaient finalement conduit à elle.

— Viens, Agnès, dit-il en lui tendant la main. Nous avons une réservation à dîner.

3.

Lazarus ne s'attendait pas à être aussi ébloui. Il n'avait jamais regardé Agnès et vu une femme en elle. Elle n'était qu'une créature qu'il avait secourue in extremis. La pauvre était si vulnérable quand il l'avait découverte… Guère plus de seize ans, chétive et recroquevillée dans une ruelle. Sur le point d'être tuée, mais sans doute pas avant d'avoir subi les pires ignominies de la part de ses assaillants. Son père n'était plus là, mort ailleurs, sur un autre trottoir.

Non, il ne permettrait pas qu'elle connaisse le même sort. Un lien les unissait, il l'avait su tout de suite. Cela avait été pareil pour lui.

Enfant, il s'était éloigné d'un palais dont il avait perdu presque tout souvenir et avait été pris en chasse par une meute de loups. Il s'était retrouvé acculé dos à une falaise, cerné par ces bêtes féroces tous crocs dehors. L'attaque avait été impitoyable. Lazarus ne pouvait que hurler alors qu'il se faisait déchiqueter. Il avait attendu la mort comme une délivrance. Mais c'était sous la forme d'Agamemnon qu'elle s'était présentée.

Agamemnon de la Forêt des Ombres.

Il l'avait ramené au village, brisé et en sang. Il l'avait soigné et lui avait imposé le repos. Rentrer chez lui n'était pas sûr, avait-il affirmé. De fait, Lazarus n'en aurait pas eu la force. Pas au début. Puis Agamemnon lui avait expliqué que, s'il sortait des bois, son peuple serait annihilé. Lazarus, dans sa naïveté d'enfant, lui avait demandé pourquoi. Il avait alors appris la terrible histoire des conquérants de leur pays, qui l'avaient renommé Liri et en avaient persécuté les habitants d'origine en essayant de détruire leur culture.

Lazarus avait été certain que ses parents le chercheraient. Que les habitants des bois seraient récompensés pour l'avoir sauvé et qu'aucun mal ne leur serait fait. Personne n'était jamais venu. Il y avait bien eu quelques éclaireurs, mais ils ne s'étaient pas vraiment donné la peine de pousser leurs recherches. Agamemnon était devenu comme un père pour lui. Il avait eu une enfance rude, rien à voir avec sa vie oisive au palais, dont le souvenir n'avait pas tardé à s'effacer de sa mémoire. Il courait autour des feux de camp avec les autres enfants et était nourri par les femmes du village. Au grand air, il était devenu un garçon fort et robuste.

Un jour, Agamemnon lui avait présenté ses chiens, d'imposantes créatures dressées pour protéger leur peuple. Lazarus n'avait vu en eux que des loups. La terreur l'avait submergé au souvenir de son calvaire. Mais Agamemnon ne l'avait pas laissé fuir. Il s'était montré intraitable.

« Un jour, ils seront à toi. Tu surmonteras ta peur et apprendras à les aimer. Je t'ai sauvé, Lazarus. Tu me dois allégeance. C'est la tradition ici. Je t'ai sauvé la vie. Maintenant, elle m'appartient. »

Et Lazarus s'était plié à la tradition. Il avait grandi et était devenu un homme sans peurs ni faiblesses. Ses parents n'étaient jamais venus. Mais Agamemnon et son peuple d'adoption lui suffisaient.

Oui, c'était à Agamemnon que Lazarus devait sa survie. Sans lui, il se serait fait dévorer par les loups. Comme ce frère qu'il n'avait jamais connu, avait-il appris. Le frère qui l'avait remplacé. Il avait été trop tard pour le sauver. Lazarus le regrettait.

Ce qu'il ne regrettait pas, en revanche, c'était la vie qu'il aurait eue au palais. Le choix de l'héritier à Liri obéissait à certaines traditions. Un fils royal pouvait défier son frère et revendiquer le trône. Le peuple pouvait également se choisir un nouveau souverain. C'était son arrière-grand-père qui avait opprimé les aborigènes et les avait forcés à se cacher dans la Forêt. En prêtant allégeance à sa nouvelle famille, Lazarus avait juré de réparer les torts de sa lignée, dont le sang coulait dans ses veines. C'était son devoir de les venger. Son devoir et son droit. Lui aussi pouvait défier l'héritier au trône et revendiquer ce qui leur appartenait, à lui et à son peuple.

Agnès avait également un rôle à jouer. Il l'avait compris à la seconde où il l'avait secourue. La personne sauvée prêtait allégeance à son sauveur, mais cela ne s'arrêtait pas là. Se voir confier une vie était une lourde responsabilité, au même titre qu'offrir la sienne à quelqu'un. Un lien indestructible se créait entre les deux personnes, voulu par le destin. Si Lazarus avait été sauvé par le peuple de la Forêt, c'était parce qu'il avait le pouvoir de restaurer la dignité de toute une nation, et Agnès faisait partie intégrante de cette cause. Quoi d'étonnant, donc, à ce qu'elle se révèle parfaite pour le rôle ?

Elle était élégante dans cette tenue, d'une beauté que lui seul savait capable d'être fatale. Mais le plus surprenant était cette fragilité qu'elle semblait avoir conservée. Pour la première fois depuis qu'il la connaissait, Agnès paraissait hésitante. Peut-être était-ce parce qu'ils étaient à Paris ? Il aurait dû y penser. C'était normal qu'elle ait peur. De cette ville et de tout ce qu'elle représentait. Des souvenirs qui y rôdaient dans l'ombre. Il le comprenait mieux que personne.

Il ne se réjouissait pas non plus de retrouver le palais

de Liri. Mais lui n'avait aucune peur. Plus maintenant. Il l'avait bannie de son cœur, le jour où il avait dû toucher ces chiens si semblables aux bêtes qui s'étaient jetées sur lui. Un guerrier devait apprendre à dépasser ses faiblesses. Telle était la leçon qu'on lui avait inculquée. Agnès était une guerrière, elle aussi. Mais elle était jeune. Elle n'avait que seize ans lorsqu'elle avait quitté Paris. Peut-être restait-il ici certains souvenirs avec lesquels elle n'était pas encore en paix.

— Tout va bien ? s'enquit-il.

— Comme toujours, répondit-elle, le menton levé.

Elle prit avec une réticence palpable la main qu'il lui tendait. À peine leurs doigts se touchèrent-ils que le désir fusa en lui. Un désir plus fort encore que lorsqu'elle avait essayé ces robes au magasin, dévoilant son indéniable féminité. C'était totalement déplacé ! Il s'agissait d'Agnès. Sa pupille, pas une femme qu'il pouvait convoiter de la sorte. Ce n'étaient pas les partenaires qui manquaient au village, prêtes à assouvir ses besoins charnels. Elles aussi y trouvaient leur compte, et tout le monde était satisfait. Leur culture était très ouverte sur le sexe, mais il y avait certaines règles à respecter. Il était un guerrier. Les femmes guerrières devaient être traitées en frères d'armes. Dans le cas d'Agnès, c'était encore plus compliqué puisqu'il était responsable d'elle. Ce pouvoir qu'il détenait sur sa vie interdisait tout rapprochement physique.

La jeune femme affichait un air crispé au moment de quitter le penthouse. Lazarus ne s'attendrit pas. Alors qu'ils sortaient de l'ascenseur et traversaient le hall d'entrée, il se rapprocha d'elle. Elle se raidit aussitôt. Il glissa alors un bras autour de sa taille. C'est là qu'il sentit la lame sous le tissu. Sitôt dans la rue, il tourna la tête et lui souffla à l'oreille :

— Agnès, as-tu une épée cachée sous tes vêtements ?

Elle continua à regarder devant elle, mais un sourire joua sur ses lèvres.

— Je prends mon rôle très au sérieux.

— Je croyais t'avoir dit, pas d'armes. Tu as déjà failli provoquer un incident diplomatique dans cette boutique. Pourquoi persistes-tu à ignorer mes ordres ?

— Mon devoir est de vous protéger, Votre Altesse. Et c'est ce que je ferai, de la manière que je juge la plus appropriée.

— C'est à moi d'en juger, Agnès.

— Je suis la mieux placée pour connaître mes aptitudes, non ? Dans ce domaine, vous n'avez pas à me dire quoi faire.

— Au contraire, j'en ai tous les droits. Moi seul sais ce que tu peux faire pour moi.

— Ce n'est pas parce que j'ai accepté cette mission que j'en oublie mon rôle premier, s'obstina-t-elle. Même sous ce déguisement.

— Je connais ta valeur, Agnès, et respecte le serment qui nous unit. Mais ne crois pas que j'aie besoin de ta protection. Il n'y a rien que tu puisses faire que je ne sache faire moi-même.

Il entendit son exclamation outrée. Mais elle se ressaisit aussitôt, et ils continuèrent leur chemin en silence.

Les promeneurs s'écartaient pour les laisser passer. Lazarus considérait cela comme un dû. On témoignait aux princes de la déférence en raison de leur position dans la société. Les gens craignaient d'en subir les conséquences s'ils ne s'inclinaient pas, ou espéraient vaguement être récompensés s'ils se comportaient comme il fallait. Lazarus suscitait naturellement la même réaction. Son importance était inhérente à sa personne, et les hommes de cette trempe n'avaient pas besoin d'un statut social pour influencer les foules. Il leur suffisait de respirer.

Ils arrivèrent au restaurant, un établissement à la façade

discrète, sans chichis. L'endroit tout indiqué pour éviter les paparazzis. Lazarus ne souhaitait pas les éviter. Au contraire, il comptait bien les courtiser. Et les paparazzis se cachaient toujours là où ils se savaient indésirables, ce qui faisait de ce restaurant le théâtre idéal du premier acte de son plan.

Lazarus fut reconnu à peine entré. On les conduisit à la meilleure table, dans une alcôve qui leur donnait une vue d'ensemble sur la salle, sans personne derrière eux. Ni lui ni Agnès ne s'asseyaient jamais dos à une porte ou à une pièce remplie de gens. Toujours à un mur.

— Y a-t-il un menu ? s'enquit Agnès.

— Un gaspillage de temps et de papier. Ici, on ne sert que le meilleur.

Les yeux de la jeune femme pétillèrent malgré son faux air désintéressé. C'était un de ses petits plaisirs : elle adorait manger. Sans doute en réaction à une époque où elle ne mangeait pas toujours à sa faim. Lazarus avait beau ne pas avoir grandi dans un palais, il n'avait jamais manqué de rien. Agnès, elle, avait connu la misère. Quand un festin se présentait, elle en profitait.

— J'espère qu'il y aura du steak…

Elle ne fut pas déçue. Il y avait aussi du pain et du fromage, ainsi que tout un assortiment de desserts. L'espace d'un instant, il s'autorisa à oublier leur mission pour la regarder savourer les différents plats étalés devant elle. Il en conçut une certaine autosatisfaction. Sur ce point, il respectait son serment. La vie d'Agnès lui appartenait, et il en prenait soin. Il se montrait beaucoup plus indulgent avec elle qu'Agamemnon ne l'avait été avec lui. Il ne l'avait pas laissée dormir sur les cailloux le temps qu'elle gagne le droit à un lit en prouvant sa valeur. Leur rencontre avait grandement bénéficié à Agnès.

Elle plissa des yeux soupçonneux.

— À quoi pensez-vous ?

— À la chance que tu as de vivre sous mon aile, répondit-il.

Sa mâchoire se crispa imperceptiblement.

— Oh ! vraiment ?

— Regarde donc tous ces mets délicieux…

— Je ne les regarde pas. Je les mange.

— Aucun savoir-vivre. Il va falloir remédier à cela.

Lazarus avait passé du temps dans le monde extérieur. C'était d'ailleurs ainsi qu'il l'avait découverte. Peut-être s'était-il montré négligent dans cet aspect de son éducation. La jeune femme était sous sa tutelle, c'était à lui d'élargir ses horizons. Le concept de possession était assez flou dans les bois. Le roi était certes l'administrateur des richesses du village, mais ce n'était pas la même chose que les posséder. Même sa propre vie ne lui appartenait pas. Elle appartenait au peuple qui l'avait sauvé. Car sauver une vie créait un lien indéfectible. C'était ce qui les unissait, Agnès et lui. Agnès seule lui appartenait vraiment.

— Nous y remédierons quand je serai rassasiée, répliqua la jeune femme en se servant une énorme part de gâteau au chocolat parmi le plateau de desserts.

— Un peu de tenue. Tu as l'air d'une sauvage, la réprimanda Lazarus.

— J'en suis une. C'est vous qui m'avez amenée ici sans prévenir. Même pomponnée et fardée, je reste qui je suis.

— C'est faux. Tu as la capacité de te fondre partout où tu vas. Tu as été élevée ainsi.

— Je déteste cette partie de ma vie.

— Quand tu vivais à Paris, t'arrivait-il d'aller dans des endroits comme celui-ci ?

— Jamais. Vous le savez très bien.

— Je me demandais simplement si ce voyage te rappelait des souvenirs…

— Des quartiers mal famés, vous voulez dire ? Difficile

d'oublier, j'ai failli y mourir, répondit-elle, sarcastique. Et vous, que faisiez-vous là ?

— Ce séjour faisait partie de mon éducation. Agamemnon tenait à ce que je connaisse autre chose que la Forêt. Disons que je ne suis qu'un demi-sauvage, à même de m'insérer dans les plus hauts cercles sociaux. Je lui en suis reconnaissant.

— Je n'ai pas eu ce genre d'éducation, et cela ne me manque pas.

Oui, Agnès lui appartenait. C'était à lui de la guider et de la protéger. Mais ses pensées envers elle en cet instant étaient tout sauf honorables. Pourquoi l'avoir tenue à l'écart du monde, en contradiction avec l'apprentissage qu'il avait reçu d'Agamemnon ? Pouvait-il vraiment se faire confiance en ce qui la concernait ? Il devait avant tout penser à elle. À son épanouissement. Elle était belle, intelligente et compétente. Elle avait tout pour réussir. Lui seul avait le pouvoir de lui faire réaliser son potentiel.

Il se radoucit.

— Quand tout sera fini, je te libérerai.

Les yeux de la jeune femme s'agrandirent.

— Que voulez-vous dire ?

— Tu ne peux pas rester liée à moi éternellement. J'ai pris soin de toi et t'ai dispensé la meilleure des formations.

— Quelle modestie…

— N'es-tu pas nourrie et habillée ? N'as-tu pas développé de nombreux talents ? N'es-tu pas parfaitement capable de te défendre ?

— Si, convint-elle d'un ton acide.

— J'ai donc toujours agi dans ton intérêt, n'est-ce pas ?

— Je suppose.

— Sache que je prends très au sérieux mes responsabilités envers toi.

Elle remua sur sa chaise.

— Si vous le dites.

— Comment peux-tu décider quoi faire de ta vie si tu ne connais qu'une seule manière de vivre ? poursuivit-il. Tu as besoin de voir le monde, Agnès. De multiplier les expériences.

— Et si je n'en ai pas envie ?

Une vraie tête de mule, comme toujours.

— Peu importe que tu en aies envie ou non. Cela fait partie de ton éducation. Tu dois te reconnecter avec la société civilisée.

— Est-ce vraiment nécessaire ?

— Oui. Tu bénéficieras bientôt de la même liberté qui m'a été donnée.

— Une façon détournée de vous débarrasser de moi, lança Agnès avec fiel.

— Pas du tout, la détrompa Lazarus. Tu es attachée à ce que tu connais. Mais cette existence familière va être chamboulée quand nous aurons atteint notre but. Plus rien ne sera comme avant. Tu auras rempli ton rôle, du moins pour un temps. Profites-en pour parcourir le monde. Ensuite, tu reviendras.

— Je vois.

— Tant mieux.

— Vous n'avez pas besoin de moi pour vous protéger, n'est-ce pas ?

— En effet. J'apprécie ta compréhension.

Après cela, la jeune femme garda le silence jusqu'à la fin du repas. Alors qu'ils sirotaient leur café, Lazarus décida que le moment était venu. Il plongea la main dans la poche de sa veste et en sortit un petit écrin de velours. Il ignorait quelle pierre avait été choisie. Comme pour l'appartement, il avait délégué cette tâche à l'un de ses employés ayant toute sa confiance. Quiconque ne se montrait pas à la hauteur de ses ordres ne méritait pas de travailler pour lui.

Un sourire aux lèvres, il posa un genou à terre devant

Agnès et ouvrit l'écrin. La pierre était une émeraude. Ce choix lui plut. Un diamant aurait été bien trop insipide au doigt d'Agnès. Il suffisait de la regarder pour le comprendre.

— Oh…

— Agnès, veux-tu m'épouser ?

— Oui, souffla-t-elle, la tête haute en une posture toute royale.

Elle lui tendit la main, et il glissa la bague à son annulaire. Puis, dans le même mouvement, il l'attira à lui et couvrit ses lèvres des siennes.

4.

Agnès n'avait jamais été embrassée avant. Il y avait bien eu cette fois, quand elle avait quinze ans, où un complice de son père, un homme répugnant, l'avait agrippée pour presser de force sa bouche sur la sienne. Mais cela, c'était une agression, pas un baiser. Elle lui avait décoché un coup de genou bien placé avant de s'enfuir en courant.

Avec Lazarus, c'était différent. Ses lèvres étaient douces et fermes à la fois. Son odeur flottait autour d'elle, mélange d'écorce, de fumée et d'épices. Il sentait la forêt. Il était un roc, solide et familier. Réconfortant comme toujours.

Quand il lui avait annoncé son intention de l'éloigner dc lui, son monde s'était écroulé. Pourtant, elle était là, dans ses bras. Elle en avait le vertige. Bien sûr, ce n'était qu'une comédie. Cette émeraude à son doigt ne signifiait rien du tout. Mais l'instant était magique malgré tout. Son cœur battait la chamade, le désir entre ses cuisses plus fort que sa colère. Comme elle aurait voulu que ce soit réel ! Sa langue effleura la sienne, et l'étincelle dans son bas-ventre se mua en brasier. Elle voulait plus. Elle le voulait *lui*. Elle avait besoin de ses mains sur elle et…

Et stop.

Elle rompit leur baiser, pantelante.

— J'ai déjà accepté la mission. Cela suffira, je crois, chuchota-t-elle.

Ils quittèrent le restaurant peu après. Elle ne l'avait pas

vu payer l'addition. Mais Lazarus semblait n'avoir qu'à claquer des doigts pour que les choses se règlent par magie. Il ne faisait rien comme les gens ordinaires. À mesure que leurs pas les ramenaient vers l'appartement, la colère d'Agnès reprenait le dessus. N'avait-il pas minimisé son habileté à l'épée ? Ne lui avait-il pas enjoint de s'en aller ? Tout cela après l'avoir déguisée en poupée Barbie digne de parader à son bras, pour cacher la guerrière qu'il avait elle aussi façonnée. Comment était-elle censée trouver sa place dans le monde sans lui ? Elle était entièrement sa création. Et voilà qu'il affirmait ne pas avoir besoin d'elle !

Agnès bouillonnait de rage. De retour à leur immeuble, sitôt dans l'ascenseur, elle se positionna à côté de lui, une main sur le pommeau de son épée. Il doutait de sa valeur ? Eh bien, il allait voir ! Les portes s'ouvrirent, et ils entrèrent dans l'appartement. Elle n'hésita pas une seconde. Elle tira son épée et glissa un mollet derrière le sien pour le faire tomber en arrière, tout en brandissant sa lame.

Mais à peine touchait-il le sol qu'elle se sentit tirée en avant. Il la désarma sans mal et jeta son épée hors de portée, puis manœuvra de manière à inverser leurs positions. Son corps musclé était à lui seul une arme qui la clouait par terre.

— Qu'est-ce qui te prend ? gronda-t-il en dardant sur elle un regard noir.

— Vous doutez de moi, articula-t-elle, le souffle haché.

Pas de fatigue, mais de colère. L'adrénaline pulsait furieusement dans ses veines.

— Vous croyez pouvoir me surpasser. Vous pensez ne pas avoir besoin de moi !

— C'est moi qui t'ai tout appris, petite Agnès. Regarde-toi…

Elle relâcha ses muscles le temps d'échapper à son étreinte, avant de les bander à nouveau. Rapide comme l'éclair, elle grimpa sur ses épaules et enroula un bras autour de son cou, qu'elle serra afin de consolider sa prise.

— « Petite » ne signifie pas « inutile », Votre Altesse.

— Ma patience a des limites, Agnès.

— Je vous aurais brisé le cou si j'étais sérieuse…

Elle n'avait pas fini sa phrase qu'elle fut maîtrisée en un tournemain et se retrouva plaquée dos au sol, les yeux levés vers le visage de Lazarus à quelques centimètres du sien.

— Chérie, c'est moi qui t'aurais brisé le cou à la seconde où tu as tiré ton épée, susurra-t-il.

Ses mots avaient quelque chose d'érotique qui la troubla. Les dents serrées, elle roula sur le côté afin d'attraper son épée. Mais il fut plus rapide. Il s'en empara le premier et en pressa la pointe sous son menton.

— Tu serais morte s'il s'agissait d'un vrai combat, dit-il avec sévérité.

— S'il s'agissait d'un vrai combat, je ne vous aurais pas épargné.

Elle parvint à s'esquiver. D'un coup de pied contre le mur, elle se donna de l'impulsion et bondit sur Lazarus, nouant les cuisses autour de son cou afin de le faire basculer en arrière. En même temps, elle sortit de son manteau la petite dague cachée là en plus de son épée et l'appuya contre sa gorge, un sourire triomphant aux lèvres.

— Alors comme cela, vous n'avez pas besoin de moi ? railla-t-elle. Je pourrais vous anéantir.

Elle laissa la lame lui égratigner la peau lorsqu'il tenta de bouger.

— Ne me sous-estimez pas…

Soudain, ses mains fusèrent de chaque côté de son corps, mais ne lui firent aucun mal, se contentant de se refermer sur ses fesses. Il les serra gentiment, et Agnès sentit son souffle chaud entre ses cuisses. Elle fléchit l'espace d'une seconde, prise de court. Il en profita pour lui tordre le poignet jusqu'à ce que sa dague lui échappe, sans pour autant chercher à se libérer d'entre ses jambes.

— Ne t'attaque pas à plus fort que toi, Agnès, la mit-il en garde. Certains prédateurs ont les dents acérées, plus que tu ne le crois. Tu es innocente…

— Non, je ne le suis pas, protesta-t-elle en se tortillant pour se dégager.

Sans succès.

— Tu veux parler de ce dont tu as pu être témoin dans ce monde. Sur ce point, je te crois. Mais aucun homme ne t'a jamais touchée, n'est-ce pas ?

Elle leva le menton avec orgueil.

— Je suis une guerrière. J'ai opté pour le célibat afin de préserver mon intégrité.

— Pas moi, répliqua Lazarus. Je ne connais qu'un seul exutoire efficace pour faire retomber l'adrénaline après un combat. Là encore, peut-être ai-je négligé ton éducation…

Ses yeux brillaient d'un éclat indéchiffrable. Un frisson remonta l'échine d'Agnès. Sans crier gare, il la fit glisser en avant, à hauteur de son visage, et elle se sentit nue malgré sa jupe. Déjà, il la retroussait sur ses cuisses, le regard rivé sur sa culotte de dentelle noire couvrant à peine les secrets de sa féminité. Secrets qui n'en étaient pas pour lui. Il l'avait dit lui-même, il ne pratiquait pas le célibat.

Agnès se débattait dans un tourbillon d'émotions anormales quand il lui mordit brusquement la cuisse. Elle poussa un cri et tressaillit, partagée entre douleur et excitation. D'un bras d'acier, il lui immobilisa les jambes tandis que de sa main libre, il écartait sa petite culotte, exposant son intimité, juste avant d'y appliquer les lèvres. Le contact l'électrisa. Elle tenta bien de serrer les cuisses de toutes ses forces, mais il avait le dessus. Il en profita pour ajuster fermement sa position contre sa bouche. Agnès tremblait et convulsait sous les assauts de sa langue. Le feu de sa colère avait cédé la place à une passion brûlante et interdite.

Elle le désirait, depuis longtemps et d'une façon qu'elle était incapable de nommer. Mais elle avait cru ce désir à sens unique. Encore plus ce soir, quand il avait déclaré ne pas avoir besoin d'elle. Elle, elle avait besoin de lui. Depuis toujours. Elle avait juré une fidélité absolue à cet homme en tant que simple garde du corps. Mais maintenant…

Impossible de nier le plaisir qui inondait son être. L'orgasme la foudroya tel un éclair. Elle avait l'habitude d'une sensation rapide accompagnée de honte. Quand elle se touchait dans l'obscurité de sa chambre, elle avait beau lutter, c'était toujours à Lazarus qu'elle pensait. À sa force virile. À ses mains puissantes sur son corps, mais pas comme lors de leurs entraînements. Là, le plaisir la submergeait encore et encore. Cela dépassait tous ses fantasmes. C'était un vertige sans fin, exquis…

Et dangereux.

Elle cria et se dégagea précipitamment. Il ne la retint pas.

— Je…

— Considère cela comme une leçon.

Ses yeux sombres, pareils à ceux d'une bête, brillaient d'un éclat féroce. Elle ne lui avait jamais vu un tel regard avant.

— Ne te crois pas plus forte que moi. Tu n'as aucun contrôle. Si tu n'apprends pas ce qu'est la vie sous toutes ses facettes, jamais tu ne gagneras.

Les ténèbres enveloppaient son cœur, elle le savait. Là, tout de suite, il était plus monstre qu'homme. Mais elle aussi avait une bête qui sommeillait en elle. Une bête prête à sortir les griffes. Mue par la colère et son orgueil blessé, Agnès revint à la charge et plaqua une main sur son entrejambe, dure sous sa paume.

— Vous non plus, vous ne contrôlez rien…

Avec un juron, il la poussa violemment de côté.

— Nous partons pour Liri demain, dit-il d'un ton cassant.

— C'est tout ce que vous avez à dire ?

Elle était anéantie. Désarmée et déshonorée sur le sol de cet appartement parisien. Au moment où elle lui prouvait que c'était lui le perdant, il fuyait ! Elle avait envie de lui, c'est vrai, depuis toujours. Mais pour lui, cela n'avait été qu'un jeu de pouvoir. Une façon de la dominer. C'était plus qu'elle ne pouvait supporter.

— Il n'y a rien à ajouter. La preuve est là.

— La preuve que vous avez le self-control d'un animal en rut ? le défia-t-elle.

— La preuve que tu n'es pas aussi supérieure que tu le crois. Tu es douée à l'épée. Mais tu ne connais pas les hommes, ni même ton propre corps.

— Je connais mon corps ! cracha Agnès. Ne venez pas me dire qui je suis ou ce que je sais. Ce n'était qu'une réaction physique. N'importe quelle femme aurait succombé. Cela ne signifie rien !

Mais c'était faux. L'expérience l'avait bouleversée, et plus rien ne serait comme avant. Dire qu'elle devait continuer à jouer le rôle de sa fiancée ! Elle portait encore sa bague ! Par provocation, elle l'arracha de son doigt.

— Je n'en ai besoin qu'en public, siffla-t-elle en la jetant dans sa direction.

Il l'attrapa au vol.

— Tu la porteras tant que je te l'ordonnerai.

— Vous avez dit que vous me libéreriez après cette mission…

Sa fierté se fissura. C'était une chose de la surpasser au combat. De l'obliger à se faire passer pour sa fiancée. Ou même de la congédier. Mais la manipuler comme il l'avait fait, en se servant de son attirance secrète pour lui… cela, elle ne le lui pardonnait pas.

Elle lui faisait confiance. Jamais, pensait-elle, il ne l'utiliserait ou ne la rabaisserait à dessein. S'il décidait de s'amuser avec son corps, alors elle s'en irait de son plein gré. Cela ne signifiait rien, pour lui. Elle avait eu beau le narguer avec son érection, c'était tout autant une réaction naturelle chez lui que l'orgasme l'avait été chez elle. Il se rabattrait sur elle en l'absence d'autres conquêtes possibles, juste parce qu'il l'avait sous la main. Après coup, il n'y penserait plus.

Mais elle, si. Il comptait trop pour elle. C'était cela, le problème. Ils étaient liés l'un à l'autre depuis trop longtemps. Quand tout serait fini… Oui, c'était une faveur qu'il lui faisait de lui rendre sa liberté. Elle le voyait, maintenant.

— Vous avez rompu notre lien, asséna-t-elle. La seule raison pour laquelle je continue à vous obéir, c'est parce que je l'ai choisi. Je vous aiderai à atteindre votre but, en paiement de la dette que j'ai envers vous. Mais ma vie ne vous appartient plus.

— Agnès…

— Non, le coupa-t-elle. Je ne suis pas une enfant, ni un pion que vous manœuvrez à votre guise. Je vous ai prêté allégeance par honneur. J'ai changé entièrement qui j'étais, pas parce que j'étais manipulée, mais parce que, en me sauvant, vous m'avez donné une chance de me réinventer. Je n'ai jamais rien fait sous la contrainte et refuse de devenir votre jouet. Considérez cette mission comme ma dernière. Après quoi, je m'en irai vivre ma vie, comme vous me l'avez demandé.

— Très bien. Plus d'épée, donc, quand je te l'interdis.

— Vos désirs sont des ordres.

Dans un geste de bravade, elle baissa ostensiblement les yeux vers sa braguette.

— À quelques exceptions près.

Sur ce, elle tourna les talons et quitta la pièce.

À peine fermait-elle la porte de sa chambre que ses jambes se dérobèrent sous elle. En une journée, Lazarus l'avait embarquée à Paris, transformée de la tête aux pieds, forcée à porter des tenues moulantes. Il lui avait demandé sa main, l'avait combattue au corps à corps et lui avait donné son tout premier orgasme autre que ceux qu'elle se prodiguait elle-même. Cela faisait beaucoup à digérer.

Une larme roula sur sa joue, puis une autre. Agnès n'avait plus pleuré depuis qu'elle était petite. C'était une faiblesse, avait-elle appris, le genre dont on se servait contre vous. Mais ce soir, elle se recroquevilla sous la couette et pleura toutes les larmes de son corps. Il lui semblait que son âme se craquelait de toutes parts. Pour la première fois en huit ans, elle ignorait ce qu'elle allait devenir. Elle était de nouveau cette adolescente de seize ans qui avait suivi un guerrier inconnu, un soir, dans l'espoir de trouver un refuge.

Ce refuge si précieux venait de s'effondrer. Son cœur s'était brisé, et avec lui toutes ses illusions sur sa singularité. Lazarus avait une libido très active. Elle l'avait souvent vu prendre des amantes. Chacune de ses liaisons était comme un coup de poignard. Mais elle se consolait en se disant qu'elle était spéciale. Elle n'était peut-être pas sa maîtresse, mais elle était sienne. Il avait besoin d'elle. Elle était son défenseur et lui, le sien.

Ils occupaient une place unique dans la vie l'un de l'autre. Cela lui donnait de l'importance, s'était-elle persuadée. Mais d'une caresse de sa langue sur la partie la plus sensible de son corps, il l'avait jetée dans le même panier que les autres. Il l'aurait prise là, sur le parquet, et serait passé à autre chose. Juste comme cela, Agnès de la Forêt des Ombres était redevenue une anonyme. Elle n'était plus rien. Du moins, pour lui. C'était cela qui faisait le plus mal.

5.

Lazarus n'avait pas fermé l'œil de la nuit. Il l'avait passée à établir diverses stratégies dans sa tête. Et à maudire Agnès pour son comportement, qui l'avait obligé à lui donner une leçon. Elle n'était qu'une gamine ! Elle ne savait rien du monde extérieur, malgré son enfance vécue là-bas. Elle avait besoin de s'endurcir et d'affiner sa compréhension des choses. Pour autant, jamais elle ne le surpasserait. Cette leçon était inévitable. Elle s'était surestimée.

Mais ce n'était pas seulement cela qui l'avait tenu éveillé. Son désir pour elle persistait. Elle s'était montrée si réactive à ses caresses qu'il était allé beaucoup plus loin que prévu. Dans sa volonté de la remettre à sa place, il avait perdu le contrôle. Elle avait paru si bouleversée par la suite… À tel point qu'il avait dû prendre sur lui pour ne pas la serrer dans ses bras.

Agnès était un fruit défendu. Mais il y avait quelque chose dans sa façon de se battre, dans sa fureur indomptée… Elle était une adversaire redoutable. Il ne lui avait pas appris à être clémente, par crainte que cela se retourne contre elle. Non, il l'avait entraînée à frapper là où cela faisait mal et à porter le coup de grâce si nécessaire.

Ce qu'il n'avait pas prévu, c'était d'être séduit par ses aptitudes au combat. Agnès était forte. Assez pour tenir tête au monstre en lui. Un monstre auquel il ne laissait jamais voir la lumière du jour. Il aimait ces femmes voluptueuses dont il faisait ses maîtresses au village, mais elles étaient fragiles. Il les traitait avec douceur et déférence, comme elles le méritaient. Le corps ferme d'Agnès, lui, demandait à être testé. Et c'était ce qu'il avait fait, sans anticiper le fait que le sien le serait aussi. Ce corps intraitable, capable de tout endurer, l'avait trahi. Cela ne devait plus se reproduire.

L'impatience le gagna. Son entrevue avec Alexius s'annonçait délicate. Il lui faudrait jauger son frère, deviner quelles étaient ses véritables intentions. Et Agnès qui n'était toujours pas là !

— Agnès ! appela-t-il avec humeur.

Pas de réponse. D'un bond, il se leva, traversa le salon et ouvrit grand la porte de sa chambre. La jeune femme se redressa brusquement dans son lit, et deux mamelons rosés jaillirent devant ses yeux. Elle ne portait rien du tout.

— Qu'est-ce qui vous prend ? s'écria-t-elle en se couvrant à la hâte.

— Tu as oublié de te réveiller, la tança-t-il.

— Je n'ai rien oublié. Vous ne m'avez pas dit à quelle heure me lever.

— Tu ne dors jamais aussi longtemps, d'habitude.

— Je ne suis pas à Paris, d'habitude.

L'air autour d'eux crépitait de tension.

— Non, en effet.

— Je ne suis pas d'humeur à me faire houspiller, aujourd'hui, grogna-t-elle.

Agnès ne l'envoyait jamais paître ainsi, en temps normal. Mais en temps normal, elle ne portait pas sa bague de fiançailles. Elle ne convulsait pas d'extase contre sa bouche, ni n'exhibait ses seins nus.

— Où est passée la déférence que tu me dois ? tonna-t-il.

— Où est passée votre décence morale ? répliqua-t-elle du tac au tac.

Lazarus sortit en trombe de sa chambre. Elle le rejoignit quelque temps après, fraîchement douchée, vêtue des vêtements qu'elle portait à son arrivée la veille. Et toujours en colère.

— Nous partons pour Liri dans une heure.

— Nous voyageons en jet privé, rappela-t-elle. Vous venez juste de décider cela, admettez-le, au lieu de me réprimander sans raison.

— Silence, intima-t-il.

— Un bouledogue édenté aurait plus de chances de me faire obéir.

Il lui décocha un sourire carnassier, en ayant soin de lui montrer toutes ses dents.

— Cela reste à voir. Va te changer.

— Pourquoi ?

— Mon frère nous attendra à l'aéroport.

— Vous avez déjà tout arrangé ?

— C'est comme si c'était fait.

— Vous ne pouvez pas lui imposer vos quatre volontés, objecta la jeune femme. Il se moque bien que vous soyez le souverain d'un royaume qu'il ne reconnaît même pas.

— Justement. À nous de lui montrer que nous ne sommes pas à prendre à la légère. Il fera bien de s'en souvenir.

— Que comptez-vous faire de lui ?

— Dans un premier temps, contentons-nous de collecter des informations. Nous devons en apprendre plus sur le fonctionnement de Liri. Sur les faiblesses du palais. Sur qui lui est loyal ou non. Pour cela, il nous faut gagner sa confiance…

— Pour mieux le poignarder dans le dos. Vous feriez un excellent escroc, Lazarus, commenta Agnès en utilisant haut et fort son prénom.

Une effronterie qu'elle ne s'était jamais permise avant.

— Ne mélange pas tout, Agnès. Mon but n'est pas de

m'emplir les poches ou d'en tirer un profit personnel, mais de rendre à mon peuple ce qui lui appartient.

— Avez-vous oublié que vous étiez de Liri ? Peut-être avez-vous grandi dans la Forêt, mais vous n'êtes pas l'un d'eux.

Ses mots étaient plus tranchants que la dague qu'elle portait à sa cuisse. Non, il n'avait pas oublié. Comment le pourrait-il ? Le sang coulant dans ses veines était celui de félons ayant sacrifié leur propre enfant à une forêt. D'un ancêtre meurtrier ayant écrasé toute une communauté au nom du pouvoir ultime. Jamais il n'aurait autant d'honneur que le peuple qui l'avait adopté.

— Toi non plus, remarqua-t-il durement.

Le monstre en lui s'agita comme il disait cela.

— J'en ai conscience. Mais ce n'est pas moi qui projette d'éliminer mon propre frère.

— Tu sais très bien ce qu'il en est, Agnès. Ma vie appartient à Agamemnon. À mon peuple. Je n'ai survécu que pour accomplir cette mission. Rien d'autre n'a d'importance.

— Rien du tout ?

Il secoua la tête. Le vide dans son âme n'avait jamais été aussi béant.

— Non. Seule compte pour moi cette vengeance, qui est avant tout un acte de justice.

— Je vois. Que devrai-je porter ?

À cette question, il revit malgré lui ses seins nus. Magnifiques, comme elle. Un corps athlétique aux lignes sculptées n'était pas ce qu'il recherchait chez une amante. Pourtant, l'âpreté de la jeune femme l'attirait malgré lui. Elle avait les épaules. Elle saurait contenir la bête en lui qui ne demandait qu'à être libérée…

Non, jamais.

Agnès lui appartenait comme d'autres possédaient un artéfact rare. Telle était la tradition. Il devait la respecter, l'honorer et prendre soin d'elle. Il était son maître mais, si elle tombait en perdition, c'était sur lui que la honte retombait.

— La robe rouge, s'entendit-il répondre.

Comme si le démon lui-même lui soufflait l'idée. *Son démon intérieur.*

— N'est-ce pas un peu trop pour une simple entrevue avec votre frère ?

— Ne discute pas mes ordres. La robe rouge, et du rouge à lèvres assorti. Va, maintenant.

Elle s'éclipsa et réapparut quelques minutes plus tard. Ses cheveux étaient lâchés, avec juste une touche de mascara sur ses cils. Et le rouge à lèvres carmin demandé. Elle était absolument époustouflante. Seules les plus belles femmes pouvaient se permettre un tel maquillage sans avoir l'air d'en faire trop.

— Ai-je votre approbation, Votre Altesse ?

— C'est beaucoup mieux.

Il s'approcha d'elle et la vit retenir son souffle. Son pouls s'accéléra dans le creux de sa gorge.

— Maintenant, il ne te reste plus qu'à livrer une prestation convaincante de femme folle amoureuse de moi.

— Un rôle de composition pour quelqu'un qui rêve de vous éviscérer avec ses dents, persifla-t-elle.

Le désir l'envahit malgré lui. Il ne voyait aucun inconvénient à ce qu'elle utilise ses dents sur lui. Il se ferait un plaisir de lui retourner la faveur. Bon sang, d'où lui venaient de telles pensées ? C'était une aberration ! Il n'était pas homme à se laisser gouverner par ses pulsions. Quand le besoin s'en faisait sentir, il le satisfaisait et passait à autre chose. Son attirance pour Agnès devenait gênante. Elle interférait d'une manière qu'il n'était pas prêt à accepter.

— Allons-y, dit-il.

— Et mes affaires ?

— Mon équipe s'en chargera. Inutile de t'inquiéter.

— Je ne m'inquiète pas.

Alors qu'ils sortaient de l'ascenseur, deux hommes en noir s'y engouffrèrent juste derrière eux.

— Ils ont ordre de transférer nos bagages dans l'avion, expliqua Lazarus.

— Quel intérêt de sortir comme cela, sans rien ? demanda Agnès.

— J'ai pensé que tu aimerais aller boire un café et déguster une viennoiserie.

— En robe de soirée ? À 10 heures du matin ?

— Nous sommes en France et nouvellement fiancés. Nous faisons ce qui nous plaît.

La colère de la jeune femme retomba devant une tasse de café noir accompagnée d'un croissant. Elle était incapable de résister à l'appel du ventre, et cette faiblesse la faisait enrager, il le savait. Elle mordit dans son croissant avec une délicatesse qui l'amusa, tant c'était contraire à sa nature.

— Satisfaite ?

— Il m'en faut plus que cela, marmonna-t-elle.

— Allons, ne sois pas désagréable.

— Et si j'en ai envie ? Cela fait huit ans que je passe mon temps à vous témoigner ma gratitude. C'est pénible, à la longue.

— Oui, j'imagine. Tellement plus pénible que ta vie d'avant…

— Vous ne savez rien de ma vie d'avant, le coupa-t-elle sèchement.

— Je sais que ton père était un escroc.

— Oui, et qu'il s'est frotté à des hommes qu'il ne fallait pas en France. Mais avant cela ? Savez-vous d'où je suis et où j'ai vécu ?

Lazarus prit le temps de boire une gorgée de café avant de planter les yeux dans les siens.

— Il est évident que tu es américaine.

— Vraiment ?

— Oui, bien que tu parles plusieurs langues.

— Couramment, précisa-t-elle avec orgueil. Mais oui, je suis née aux États-Unis.

— Où cela ?

— En Ohio.

Il émit un petit rire.

— Et où est-ce, l'Ohio ?

— Dans le Midwest, répondit-elle.

— Ah oui. Une région très… rurale, je crois.

— Quel snobisme de la part de quelqu'un qui a été élevé dans une forêt par des gens à peine plus civilisés que des loups.

— Beaucoup plus civilisé, petite Agnès, dit-il en penchant la tête de manière à lui faire voir ses cicatrices. Les loups m'auraient dévoré vivant. Si j'en étais un, moi aussi, je n'aurais fait qu'une bouchée de toi.

Ce qu'il avait fait, pas plus tard que la veille. Le désir rugit dans son aine.

— Ma mère est morte quand j'avais quatre ans, raconta-t-elle. Même à l'époque, nous n'étions pas une famille normale. Je crois qu'elle aidait mon père dans ses mauvais coups. Dans mes plus vieux souvenirs, il me dit de pleurer en faisant semblant d'être perdue. Il m'a expliqué comment faire les poches et profiter des vieilles dames. Personne ne soupçonnait rien. J'étais trop petite et tellement mignonne… Tout ce qu'il m'a appris, c'est à utiliser mes atouts pour faire du mal aux gens.

Oh ! Agnès. Il avait peut-être été déchiqueté par les loups. Mais elle, elle avait été élevée par eux. Avait-il sous-estimé les séquelles d'une telle éducation ? Lui avait-il accordé assez de temps pour se reconstruire ?

— Une triste existence, murmura-t-il.

— La seule que j'aie jamais connue. Avant celle-là.

Raison de plus pour l'éloigner de lui, songea Lazarus.

— Cela te fera du bien de vivre enfin ta vie selon tes propres termes.

— Hum, peut-être. Je vais bien devoir essayer puisque je n'ai pas le choix.

Peu après, ils remontèrent en voiture, direction l'aéroport. Au moment de descendre, Lazarus se pencha vers elle et essuya du pouce une partie de son rouge à lèvres.

— Que faites-vous ? s'exclama-t-elle.

— Je veux que mon frère se demande où ce rouge à lèvres a fini sur mon corps.

La jeune femme s'empourpra.

— Pourquoi ?

— Si je me présente comme un homme amoureux, il faut que ce soit crédible. Il doit me croire changé. Assagi, même.

— Il ignore de quelle cruauté vous êtes capable, murmura Agnès.

Pas de doute, il l'avait blessée hier soir. Pas physiquement, mais moralement. N'avait-elle pas été assez maltraitée par la vie comme cela ? Pour se racheter, il décida de se confier à son tour :

— Sais-tu ce que je me rappelle de ma vie, moi ?

— Quoi ?

— Lui. Mon frère. Il était un modèle pour moi. Nous jouions souvent ensemble dans les jardins. Mais la Forêt me fascinait déjà, même si on m'avait prévenu qu'elle était dangereuse. Une part de moi n'y croyait pas. Je me posais des questions sur toutes ces histoires à son sujet. Comme si leur but était de dissuader quiconque de s'y aventurer. Oui, je sais, il y avait quand même les loups.

— Votre jeune frère…

Il haussa les épaules.

— Je ne l'ai jamais connu. Je ne dis pas cela par méchanceté, mais je ne pleure pas sa mort.

— Je comprends, dit Agnès sans grande conviction.

— Voilà pourquoi nous n'avions pas le droit d'y aller, continua-t-il. Il ne fallait pas que la vérité éclate au grand jour. Notre peuple a frôlé l'extinction aux mains d'un roi assoiffé de pouvoir, qui voulait s'approprier le pays tout entier au mépris des traditions ancestrales. Ce roi était mon arrière-grand-père. C'est à moi de réparer sa faute, en rendant aux habitants de la Forêt leurs terres et leur liberté. Personne d'autre ne le fera.

Il attendit que s'allume en lui la flamme familière de la vengeance. Alors pourquoi ne songeait-il qu'à la douceur des lèvres d'Agnès sur son pouce ?

— C'est donc tout ce qui compte pour vous ? demanda-t-elle. Cela vous tient à ce point à cœur ?

Il n'avait pas de cœur. Il ne ressentait plus rien depuis des années, comme s'il avait laissé derrière lui ses émotions en même temps que son titre. Que son père et sa mère. Oh ! ils n'avaient pas tardé à annoncer sa mort. C'était Agamemnon qui l'en avait informé. Lazarus avait même consulté sa rubrique nécrologique, bien plus tard, lors de son premier séjour à Paris. Il n'était pas indispensable. Après tout, il n'était que le cadet. Le fils de secours. La preuve, ses parents n'avaient pas porté le deuil bien longtemps. Un enfant en remplaçait facilement un autre, avait-il découvert en faisant des recherches sur sa propre disparition.

Tel était son destin, il l'avait accepté. Peut-être était-ce écrit. Il avait une mission à accomplir désormais, bien plus importante que sa petite personne ou que n'importe quelle émotion. Les émotions étaient une chose versatile, un poids qui vous freinait. Elles ne comptaient pour rien.

— C'est mon devoir, se contenta-t-il de répéter.

Quelques heures plus tard, leur avion atterrissait à Liri. Au moment de débarquer, il attrapa Agnès par le bras.

— Pas d'épée, cette fois ?

Elle désigna sa robe, qui moulait ses formes telle une seconde peau.

— Et où la cacherais-je ?

— Nous savons tous les deux que tu as de la suite dans les idées.

Ils descendirent lentement les marches, sous les objectifs des photographes présents. Lazarus ne leur prêta aucune attention. Il n'avait d'yeux que pour Agnès. Pour un peu, il s'y serait laissé prendre. Avec son sourire radieux et son rouge à lèvres à demi effacé, elle avait tout de la fiancée éperdument éprise.

— J'en ai bien une, chuchota-t-elle l'air de rien.

Il arqua un sourcil interrogateur.

— Une dague… Sanglée contre ma cuisse. Si vous voulez me la confisquer, vous n'avez qu'à glisser votre main sous ma robe.

La réaction de son corps fut immédiate. Exactement l'effet escompté, devinait-il. Lazarus serra les dents et étudia son profil. Le nez incurvé. Les lèvres bien dessinées. Le port altier. Et ces yeux noirs aux profondeurs insondables… Elle était un escroc, ne le lui avait-elle pas elle-même rappelé ? Élevée dans l'art de mentir et de passer inaperçue, conditionnée pour atteindre son but par n'importe quel moyen. Quelle comédienne ! Impossible de dire ce que recélaient vraiment ses mots. Défi ou menace ? Espérait-elle prendre le contrôle comme elle l'avait tenté la veille en l'émoustillant ?

Hélas pour elle, il ne connaissait ni la honte ni le regret. Il vivait dans l'instant et regardait toujours devant lui, jamais derrière.

— Espérons que tu n'aies pas à en faire usage, lui souffla-t-il en retour.

— Si nécessaire, je n'hésiterai pas. N'oubliez pas que je suis libre, maintenant.

Elle leva vers lui un regard empreint de provocation.

— Comme tu préfères, Agnès. Je ne te retiendrai pas. À trop s'accrocher à ce qui est fragile, on finit par le briser. Ce n'est pas mon intention.

— Je ne suis pas fragile, réfuta-t-elle.

— Si, plus que tu ne le crois.

— C'est faux.

— Ma bouche m'a suffi à venir à bout de toi.

Un feu invisible se déclencha entre eux. Le même qui brûlait dans ses veines et faisait de lui un menteur. Il ne regardait pas devant lui, en cet instant, mais revivait le moment où il l'avait touchée, en amant et non plus en entraîneur.

— J'ai hâte d'être enfin libérée de vous, grinça-t-elle tout en souriant à l'intention des gens qui les regardaient.

Le venin derrière ce sourire, lui seul, le détectait.

Une luxueuse voiture les attendait pour les conduire au palais, à la lisière de la Forêt des Ombres. Chez eux. Lazarus n'empruntait jamais cette route pour en sortir. Lui et son peuple passaient par le côté opposé et utilisaient les infrastructures de la nation voisine. Une habitude bien ancrée, d'une part parce que Lazarus se cachait de Liri depuis des années, mais aussi parce qu'une profonde hostilité divisait son peuple et les Liriens. Une hostilité dont ces derniers n'avaient même pas connaissance.

Il n'était encore qu'un petit garçon quand il s'était aventuré dans la Forêt. Il ignorait, alors, que c'était la dernière fois qu'il voyait le palais. La dernière fois qu'il voyait son frère. Sa famille. Tous ces souvenirs qui l'assaillaient avaient quelque chose d'étrange et d'immatériel. Des souvenirs sans consistance, déformés par le prisme de l'enfance mais aussi par sa réalité actuelle. Par son regard d'homme adulte avec son vécu, qui revenait chez lui pour la première fois après trente ans…

Non. Chez lui, c'était la Forêt. Son peuple était celui des bois. Son sang faisait de lui un Lirien, et c'était ce qu'il lui faudrait expier. Mais au fond de son âme, il savait qui il était. Ce palais n'était pas chez lui. Ces gens n'étaient pas son peuple, tout comme ce pays n'était pas le leur.

— Tout va bien ? murmura Agnès.

Elle avait posé la question du bout des lèvres, comme si cela la contrariait d'être capable de détecter la moindre fluctuation dans son état d'esprit.

— Pourquoi cela n'irait-il pas ?

— Une réponse qui n'en est pas une. Comme toujours, maugréa-t-elle.

— Nous ne sommes pas amis, Agnès.

La jeune femme accusa le coup. Il n'avait pas eu l'intention d'être aussi dur. Ou peut-être que si. Peut-être cherchait-il volontairement à mettre de la distance entre eux.

— J'en ai conscience, Votre Altesse.

Son ton était monocorde, dénué d'affection. Quelque chose s'était brisé entre eux hier soir, par sa propre faute. Mais il était incapable d'en éprouver du remords.

La voiture s'arrêta devant les portes du palais, et ils en descendirent.

— Annonce-nous, intima-t-il à leur chauffeur.

L'homme obéit sur-le-champ. Peu après, les portes s'ouvraient tout grand sur l'immense hall d'entrée. Une procession de domestiques vint les accueillir en s'alignant en deux rangées solennelles. Ni gardes ni armée. Aucune suspicion. On le laissait entrer simplement parce qu'il avait un lien biologique avec Alexius, qui les croyait toujours frères malgré des décennies de séparation. Et pour cause !

C'était lui qui avait pris l'initiative de le conseiller. Il avait joué le rôle de… oui, de frère quand Alexius et Tinley avaient failli se séparer, et qu'il avait encouragé leur réconciliation. Lazarus pensait ce qu'il lui avait dit, alors. Alexius avait trouvé une femme qui l'aimait tel qu'il était. À lui de tout faire pour la garder. Lui-même n'aurait jamais cette chance. Mais auraient-ils une longue vie ensemble, cela restait à voir. Une sensation désagréable lui comprima la poitrine à cette pensée. De la culpabilité ? Impossible. De quoi devrait-il se sentir coupable ? Du reste, il était incapable d'éprouver une telle émotion.

Il se rapprocha d'Agnès et glissa son bras sous le sien. Contre toute attente, elle garda son calme. Sa posture s'adoucit, plus féminine et raffinée. Mais la guerrière continuait à transparaître dans sa façon d'être, du moins aux yeux de Lazarus. Il fallait espérer que son frère soit moins observateur.

Un homme habillé tout en noir s'avança à leur rencontre.

— Laissez-moi vous introduire auprès de Son Altesse, dit-il. Qui dois-je annoncer ?

— Le roi Lazarus de la Forêt des Ombres, répondit Lazarus. Et Agnès.

L'homme partit devant. Agnès émit un ricanement moqueur.

— « Et Agnès », répéta-t-elle en imitant sa voix et son accent.

Une piètre imitation, selon lui.

— Un problème ?

— Juste « Agnès », sans titres ? Je suis Agnès, guerrière de la Forêt et garde du corps officiel du roi.

— Pas ici, lui rappela-t-il. D'ailleurs, je croyais que tu avais renoncé à ce rôle.

— C'est vrai. Mais j'ai aussi promis d'aller au bout de cette mission.

— Tu es Agnès, ma fiancée. Rien de plus.

Il s'efforça d'ignorer l'air blessé de la jeune femme.

Peu après, tous deux furent introduits dans la salle du trône. Le trône lui-même était vide. Alexius et Tinley avaient choisi de les recevoir dans un espace de réception moins protocolaire, plus convivial, installés sur de confortables canapés autour d'un plateau d'appétissantes pâtisseries. Lazarus coula un regard vers Agnès, que cette attention semblait enchanter.

— Lazarus, le salua Alexius en se levant.

Son frère aîné était aussi grand que lui, quoique moins carré d'épaules. Tinley paraissait minuscule à côté, tout sourires sous sa flamboyante chevelure rousse. Un chat ronronnait sur ses genoux. Agnès fronça les sourcils, clairement déroutée par la présence de l'animal. Du Agnès tout craché.

— Ravi de vous accueillir, dit Alexius.

— Merci pour l'invitation, répondit Lazarus. Agnès et moi sommes tout juste fiancés. C'est une bonne chose qu'elle te rencontre et passe un peu de temps au palais.

— De très récentes fiançailles, en effet. Nous avons appris la nouvelle ce matin.

— Entre cela et ma résurrection, le mois a été riche en émotions.

Alexius s'esclaffa.

— Ce n'est rien de le dire. Viens, nous avons beaucoup de choses à nous raconter.

Il se tourna vers les deux femmes.

— Laissons donc Agnès et Tinley faire tranquillement connaissance.

6.

Agnès n'avait pas vraiment la tête aux mondanités. Elle était encore bouleversée par ce qui s'était passé la veille. L'attitude de Lazarus n'aidait pas. Il semblait prendre un malin plaisir à remuer le couteau dans la plaie en lui renvoyant sa faiblesse à la figure. Et cette façon qu'il avait eue de caresser ses lèvres… Maintenant, elle devait bavarder avec cette femme qu'ils s'apprêtaient à trahir. Cette femme qui avait un… un *chat* comme animal de compagnie.

— Je vous en prie, asseyez-vous, la pria Tinley avec un sourire engageant.

— Merci, dit Agnès.

Elle s'installa le plus loin possible de l'animal.

— Êtes-vous allergique aux chats ? demanda Tinley. Je peux le faire sortir, si vous préférez.

— Oh ! non. C'est juste que… cela me fait bizarre de voir un animal à l'intérieur.

À vrai dire, elle avait peur des chats. C'étaient des créatures déconcertantes. Celui-ci en particulier, avec ses grands yeux jaunes qui paraissaient lire en elle. Mais plutôt mourir qu'avouer une chose pareille.

— Ah, Alexius aussi trouve cela bizarre. Mais il n'a pas son mot à dire.

Agnès fronça les sourcils.

— Vous lui donnez des ordres ?

Le visage de Tinley se fendit d'un sourire espiègle.

— Parfois. J'ai plusieurs animaux au palais. Il ne les aime pas. Ils ont donc leur propre chambre, avec interdiction d'entrer dans la nôtre. Mais il y a des exceptions… quand je le décide.

— Lazarus est loin d'être aussi accommodant.

— Oh ! je ne dirais pas qu'Alex est accommodant, la détrompa Tinley. Il l'est simplement un peu plus qu'avant. Vous auriez dû le voir, à l'époque où je vivais au palais, enfant !

— Vous êtes beaucoup plus jeune que lui, observa Agnès.

— C'est vrai. Je… J'ai d'abord été fiancée à son frère cadet. Ils ont une assez grande différence d'âge.

— Ah, celui qui a été tué.

— Oui.

Une ombre voila brièvement les traits de Tinley.

— Êtes-vous amoureuse d'Alexius ? demanda Agnès.

Elle se posait la question, car Lazarus semblait avoir été touché par ce qu'il avait vu entre eux. Alexius était son frère. Et elle, contre toute raison, aimait Lazarus.

— Oui, dit Tinley. J'ai compris après coup que je l'avais toujours aimé. Depuis le début. C'est juste que… j'avais beaucoup d'affection pour son frère. Ce qui lui est arrivé est une tragédie. Mais je sais aujourd'hui que je n'ai jamais vraiment été amoureuse de lui. Entre lui et moi, cela n'aurait pas fonctionné.

— Comment pouvez-vous en être sûre ?

— C'est une évidence. Alex et moi étions destinés l'un à l'autre. Même si Dionysus n'était pas mort, nous n'aurions pas pu lutter et aurions provoqué la chute de toute une monarchie. Heureusement, ce n'est pas arrivé. Je veux dire, malheureusement… Enfin, vous comprenez.

— Oui.

Agnès songea à tous ces heureux malheurs qui avaient

dû arriver pour que sa route croise celle de Lazarus. Mais cela avait-il vraiment été une bonne chose ? Elle n'éprouvait que colère et rancune à son égard, en cet instant. Cette femme, à l'inverse, était adorable – malgré son chat. Tout cela la plongeait dans la plus grande perplexité.

— Combien de temps resterez-vous ? s'enquit Tinley. Bien sûr, vous êtes ici chez vous, aussi longtemps que vous le souhaiterez. Vous pouvez loger ici, au palais, ou dans l'une des propriétés du domaine si vous préférez.

— C'est à Lazarus d'en décider.

Tinley haussa un sourcil inquisiteur.

— Comment avez-vous rencontré mon beau-frère ?

Cette question était inévitable. Le mieux était encore d'être sincère, autant que la situation le lui permettait.

— Il m'a sauvé la vie, et je suis tombée amoureuse de lui, raconta-t-elle.

Ses mots planèrent dans l'air, semblant emplir tout l'espace. Elle ne l'avait jamais avoué à voix haute avant. À qui en aurait-elle parlé ? Mais leur vérité était indéniable. Elle résonnait dans son âme avec le même écho qu'entre ces murs qui l'entouraient. Elle l'aimait et n'en avait pas honte. Ses sentiments pour lui faisaient partie de qui elle était, au même titre que sa loyauté.

— Vous aussi, vous êtes plus jeune que lui, remarqua Tinley.

— Oui, confirma Agnès. Mais il est mon protecteur depuis des années et c'est un homme d'honneur.

— Et vous l'aimez.

— Plus que tout au monde.

Elle était furieuse contre lui après la façon dont il l'avait traitée. Mais elle l'aimait, oui. C'était bien cela, le problème.

Comme invoqué par leur conversation, Lazarus réapparut à cet instant avec Alexius.

— Restez aussi longtemps que vous le souhaitez, dit

Alexius. Je vous ai fait préparer l'aile est du palais. Elle est à vous, si vous êtes d'accord.

— Merci, répondit Lazarus. J'ai hâte d'apprendre à te connaître et me réjouis d'avance de cette restauration.

Le double sens de ces paroles n'était perceptible que d'Agnès. La restauration que visait Lazarus n'avait rien à voir avec celle qu'Alexius avait certainement en tête.

— Tinley et moi nous serions volontiers joints à vous pour le dîner. Mais une affaire à laquelle je ne peux me soustraire m'appelle en Angleterre. Je vous ai donc organisé une soirée en tête à tête, rien que pour vous deux.

L'estomac d'Agnès se noua. Combien d'autres dîners de ce genre devrait-elle endurer avec Lazarus ? Le dernier en date s'était terminé en combat à l'épée, qui lui-même avait conduit à…

— Merci pour cette délicate attention, dit Lazarus.

Après une pause, il ajouta :

— Je compte sur une sélection de desserts généreuse. Ma fiancée est très gourmande.

Il lui offrit son bras, et ils se dirigèrent ensemble vers l'aile est, du moins le supposait-elle. Elle n'avait jamais rien vu d'aussi majestueux. Le palais semblait jaillir des fondations mêmes de la terre, ses pierres immémoriales chargées d'histoire sous les gemmes précieuses qui les tapissaient. La Forêt possédait ses richesses, elle aussi, mais très différentes de celles qui l'entouraient ici.

— Voilà, déclara Lazarus. Mon héritage, pour ainsi dire.

— C'est magnifique.

— Oui, tout brille de mille feux, exactement comme dans mes souvenirs.

Son expression se durcit.

— Je les croyais exagérés. Aucun endroit ne pouvait être aussi grandiose. Et pourtant, il est bien réel. J'ai été heureux, ici.

Agnès s'arrêta net. C'était la première fois qu'elle

l'entendait évoquer son passé de cette façon. Il n'en parlait jamais, sinon en termes laconiques, sans aucune nostalgie. Il était autrefois le prince de Liri, puis s'était perdu dans les bois, point. Cet accès d'émotion ne lui ressemblait pas. Lazarus ne laissait jamais entrevoir ce qu'il ressentait. Pour une raison inexplicable, le long couloir orné de pierres précieuses prit un aspect sinistre à ses yeux.

— Oui, poursuivit-il. Ma chambre était là…

Non, ce n'était pas le palais… c'était son humeur qui s'était assombrie, réalisa-t-elle. Considérablement. Quoi de plus normal ? C'était ici qu'il était né. Cet endroit était la maison qu'il avait perdue à jamais en disparaissant dans les bois. Agnès se sentit soudain plus proche de lui qu'elle ne l'avait jamais été. C'était absurde. Elle n'avait pas passé les premières années de sa vie dans un château. Peut-être était-ce à cause de ce que tous deux auraient dû avoir, et dont ils avaient été privés. La protection de leurs parents. Une place au sein d'une vraie famille. Ils avaient beau venir d'horizons diamétralement opposés, ils avaient cela en commun.

La suite qu'on leur avait attribuée n'avait rien d'une chambre d'enfant. Sa splendeur lui coupa le souffle, au point de lui faire oublier la mélancolie qui s'était logée dans sa poitrine. D'autant qu'un détail était loin de lui échapper : il n'y avait qu'un seul lit. Gigantesque, certes, mais…

— Pas de panique, railla Lazarus comme s'il lisait dans ses pensées. J'ai grandi en dormant sur des cailloux. Le lit est à toi.

— Je ne suis pas en sucre. Je peux bien passer quelques nuits par terre, rétorqua-t-elle.

— Tu as raison, dormons tous les deux sur le sol afin de ne surtout rien céder à l'autre. Dommage, le lit a pourtant l'air confortable.

— Je fais ce que je veux. C'est mon droit, désormais.

— Oui, tu me l'as assez répété. Ton émancipation est plus qu'actée, Agnès.

— C'était votre volonté, non ?

— Je ne t'ai jamais ordonné de partir définitivement, corrigea Lazarus. Bien sûr, si c'est ce que tu souhaites, je ne t'en empêcherai pas. Mais je considérerai que tu as déshonoré ton serment.

— Je ne déshonore rien du tout ! protesta-t-elle.

— Quoi qu'il en soit, tant que nous sommes ici, tu continueras à jouer ton rôle selon mes directives. Mon frère nous a proposé de nous délasser avant le dîner. Les bains royaux ont été mis à notre disposition. Une expérience unique, paraît-il. Sans doute pour me montrer tout ce à côté de quoi je suis passé en grandissant.

— Je crois qu'il vous apprécie vraiment. N'avez-vous pas mauvaise conscience ?

Lazarus avait beau avoir toute sa compassion, il était impossible de n'éprouver aucune culpabilité en présence d'Alexius et de Tinley. En quoi était-ce différent d'une escroquerie ? Duper les gens. Gagner leur confiance pour mieux en abuser. Combien de fois avait-elle agi ainsi, enfant, avec son père ? Voler de l'argent était une chose. Mais là, c'était à leurs espoirs en un avenir meilleur qu'ils s'en prenaient. Profiter de la générosité des gens, n'était-ce pas créer un monde moins généreux en prouvant que la bonté se retournait toujours contre vous ? Elle avait contribué à cela durant les seize premières années de sa vie. Peut-être n'était-ce pas son choix, mais cela ne changeait rien. Le résultat était le même.

Et si Lazarus en venait à tuer Alexius ?

S'il détruisait à son tour les vies de ces gens dont le seul crime était d'être les descendants de ceux ayant commis d'horribles actes ? N'existait-il pas un autre moyen, qu'ils ne se donnaient pas la peine de chercher parce qu'il était plus facile de suivre la voie de l'épée ?

La voie du mensonge ? Voilà donc à quoi ils en étaient réduits ? À profiter de l'hospitalité d'Alexius et à feindre de partager son désir de réconciliation ?

— Il vous fait confiance, insista-t-elle. Il souhaite être un frère pour vous. Je n'approuve pas vos méthodes.

Elle aimait la Forêt. Les gens, sa maison là-bas. Elle était fidèle à Lazarus, tant qu'il restait fidèle à lui-même. Il lui avait appris le sens de l'honneur. Où était l'honneur dans ce qu'ils faisaient ?

— Notre heure est venue, Agnès. C'est notre chance de reprendre ce qui nous a été volé, asséna Lazarus. N'est-ce pas une cause juste ? Ou est-elle indigne de toi parce qu'elle ne te concerne pas directement ?

— Ce n'est pas cela, objecta Agnès. Vous n'êtes pas votre arrière-grand-père, et Alexius non plus. S'il existait un moyen de rendre justice à notre peuple sans verser le sang ? Un moyen pour que vous et Alexius redeveniez frères ?

— Je ne crois pas que ce soit possible.

— Seulement parce qu'on ne vous a jamais montré comment. Et si c'était cela, votre devoir ? Trouver cette autre voie par vous-même ?

— Te voilà experte en relations familiales, à présent ? Toi qui n'as même pas de famille ?

Agnès serra les dents.

— Je suis une experte car, chaque fois que je me comporte comme mon père l'aurait fait, je sais que je suis dans l'erreur. Mon père était un lâche qui choisissait toujours la facilité. Seul son propre confort comptait. Peu importait celui des autres. Savez-vous pourquoi ? Parce que c'est difficile. C'est difficile d'obtenir ce qu'on mérite tout en préservant son sens moral. Mon père en était incapable. Mais vous, vous êtes fort. Vous avez beau prétendre le contraire, ce que nous faisons ressemble de plus en plus à une des manigances de mon père. Je refuse de croire que ce soit la seule solution.

Le regard qu'il darda sur elle était trempé dans l'acier. Eût-elle été quelqu'un d'autre, il ne lui aurait pas permis de lui parler ainsi. Ou même de parler tout court.

— Tu parles de choses qui te dépassent, répondit-il froidement. Si tu es en vie, c'est uniquement parce que je t'ai sauvée. Je t'ai apporté l'aide que ton père n'a jamais daigné te donner. Comment oses-tu me comparer à lui ? Il est mort en te condamnant au même sort minable. Moi, je n'ai pas hésité à me compromettre pour faire de toi quelqu'un. Ce que je fais, je le fais par honneur, pas par vénalité. Je le fais pour rendre son dû à mon peuple et guérir les blessures d'une nation. Si tu es incapable de comprendre cela, tant pis pour toi. Je ne te retiens pas.

La panique envahit Agnès.

— Je ne vais nulle part, contra-t-elle précipitamment.

Sa voix tremblait, à son grand dam. Elle qui ne cessait de le provoquer depuis hier soir, qui avait proclamé haut et fort sa volonté de voler de ses propres ailes… elle venait de lui prouver que ce n'était que du vent. La vérité était qu'elle avait peur de cet avenir sans lui, même si elle avait honte de l'admettre.

— Si tu n'as aucun honneur, va-t'en.

Non, elle ne lui accorderait pas cette victoire.

— Dans ce cas, je reste, le défia-t-elle. J'irai au bout de cette mission, mais je ne me tairai pas. Alexius et Tinley sont des gens bien. Je n'ai rien d'autre à ajouter.

— Alors le sujet est clos. Va te reposer. Je viendrai te chercher pour aller aux bains.

Un frisson parcourut Agnès.

— Pourquoi devrions-nous y aller ?

— Tu n'as pas à discuter mes ordres.

Sur ces mots, il s'en alla. Agnès resta dans la chambre,

sans la moindre idée de ce qui l'attendait. Pour la première fois depuis longtemps, elle avançait seule.

Lazarus était encore furieux après sa confrontation avec Agnès, quelques heures plus tôt. Malgré cela, ils devaient prendre ce bain préparé à leur intention. Alexius n'était pas là pour vérifier leurs faits et gestes. Mais s'ils n'y allaient pas, cela risquait de lui revenir aux oreilles et d'éveiller ses soupçons.

Dans la salle de bains, il se déshabilla et enfila l'un des deux peignoirs mis à leur disposition, puis s'empara du second et regagna la chambre. Agnès était assise sur le lit, visiblement toujours en colère. Elle portait encore la robe rouge qu'il lui avait fait mettre le matin même. Son sang s'échauffa à la perspective de se baigner en tête à tête avec elle.

— Enfile cela, ordonna-t-il en lui jetant le peignoir.

Elle haussa un sourcil.

— Maintenant ?

— Agnès, épargne-moi ta pudeur déplacée. Nous sommes en mission, nous n'avons pas le temps pour les gamineries. Alors enlève ta robe et mets ce peignoir.

Peut-être était-ce moins à elle qu'à lui-même qu'il lançait ce défi. Pour se prouver qu'il avait la situation en main. Qu'il était capable de garder Agnès à la place qui était la sienne.

Agnès lui décocha un regard assassin, avant de lui tourner le dos et de chercher à tâtons la fermeture Éclair. Lentement, elle tira dessus. Lazarus mit quelques secondes à s'apercevoir qu'il la fixait, hypnotisé par cet effeuillage sensuel. Il serra les poings, mais ne détourna pas le regard pour autant. La robe glissa sur sa peau satinée et tomba autour de ses chevilles. Agnès dégrafa alors son soutien-gorge avec une dextérité toute féminine, puis baissa sa culotte le long de ses jambes et s'extirpa du petit tas de vêtements. Il connaissait par cœur sa morphologie après des années d'entraînement au combat rapproché, qui impliquaient beaucoup de contact physique. Mais la découvrir dans le plus simple appareil n'avait rien à voir. Ses fesses étaient fermes et musclées, comme le reste de son corps. Leur arrondi parfait donnait envie de s'en saisir à pleines mains. Trop vite, elle attrapa son peignoir et s'en couvrit, avant de lui faire face.

Au prix d'un effort surhumain, il parvint à dompter ses hormones. Il ne perdait jamais le contrôle de lui-même. Encore moins devant Agnès.

— Prête, dit-elle avec un nouveau regard noir.

— Suis-moi.

Ce test de résistance qu'il s'imposait avait un autre avantage : il lui offrait une distraction bienvenue dans ces couloirs familiers qui le hantaient malgré lui. Il aurait préféré n'en garder aucun souvenir. Il n'aimait pas se rappeler son enfance ici. Le petit garçon né dans ce palais était mort. Il l'avait été aux yeux de ses parents à la seconde où il avait mis les pieds dans la Forêt. Il devait l'être pour lui aussi, c'était le seul moyen. Ces souvenirs ne représentaient rien. Absolument rien.

Ils descendirent jusque dans les entrailles du palais, conformément aux instructions d'Alexius. Mais ces bains n'étaient pas des bains ordinaires. C'était une rivière souterraine s'écoulant sous le château, cernée de parois rocheuses incrustées d'une infinité de pierres précieuses aux reflets irisés. Il se tourna vers Agnès, qui contemplait les lieux avec des yeux écarquillés.

— Cela te plaît ?

— C'est splendide, murmura-t-elle.

— Je ne me rappelais pas cet endroit…

Il se maudit aussitôt de sa remarque. Ses souvenirs

n'avaient aucune importance, y compris ceux qui lui manquaient.

— Je ne crois pas qu'il soit adapté aux enfants, commenta Agnès.

En effet, ces bains étaient un lieu dédié au bien-être et aux plaisirs du corps, sous toutes leurs formes. Un temple de l'érotisme qui avait dû être le théâtre de bien des ébats au cours des décennies.

D'emblée, Lazarus laissa choir son peignoir. Les joues d'Agnès s'empourprèrent, et elle détourna les yeux, incapable de dissimuler son choc à la vue de son corps nu. Il en conçut une profonde satisfaction. Sans plus attendre, il entra dans l'eau et s'immergea jusqu'aux épaules, puis se tourna vers elle. Son regard était une invitation tacite à en faire autant. La jeune femme hésita, la main sur le nœud de son peignoir. Il vit dans ses yeux le moment où elle se décida. Son self-control en prit un coup lorsqu'elle tira sur la ceinture en coton. Soudain, il n'y avait plus ni palais ni vengeance. Plus rien d'autre que cela.

Qu'Agnès.

Son Agnès. Forte. Courageuse. Le peignoir glissa le long de ses épaules, dévoilant ses seins ronds et fermes. Sa silhouette svelte et sculptée. Ses hanches étonnamment pulpeuses. Et le triangle de boucles sombres entre ses cuisses, où il s'était délecté de son essence. Une expérience qu'il brûlait de réitérer. Son corps était déjà dur sous la surface de l'eau. Si elle savait, elle y verrait exactement ce que c'était : une faiblesse. Dans sa bataille contre son désir pour elle, il courait à la défaite. Quoi d'étonnant à cela ? Ils étaient liés d'une façon qui rendait toute lutte impossible. Et pourtant…

N'avait-elle pas rompu ce lien ? Elle avait décidé de le quitter. De vivre sa vie. Soudain, le monde lui apparaissait tel qu'il était vraiment : vide et d'une noirceur infinie. C'était la présence d'Agnès qui le rendait un peu moins sombre. Elle insufflait un sens à sa vie. Elle lui donnait… oui, une raison d'être. Et elle avait choisi de s'en aller, sans qu'il n'ait plus le pouvoir de s'y opposer. Agnès n'était pas un joli oiseau que l'on gardait en cage. Mais alors…

Si elle n'était plus sous sa protection ? Si elle ne lui appartenait plus selon les termes de son allégeance… cela faisait d'eux un homme et une femme comme les autres. Seuls dans ce lieu. Elle devant lui, si belle dans sa glorieuse nudité. Une déesse entrant dans l'eau, pleine de colère et de rancune. C'était par pure provocation qu'elle agissait ainsi. Mais quelle importance ? Elle était là, à lui et lui seul. *Son* Agnès.

Elle s'enfonça dans l'eau jusqu'à la taille, cachant ce délicieux temple secret entre ses cuisses, mais laissant ses seins nus fièrement exposés.

— Pourquoi me regardez-vous ainsi ?

— Tu es magnifique, Agnès. Et je ne suis qu'un homme.

— Je croyais que vous étiez un roc.

— Plus que jamais en cet instant.

Elle cilla, l'air déstabilisé.

— Ce n'est pas votre genre de faire des jeux de mots. Surtout de cette nature.

— J'en suis aussi surpris que toi.

C'était la vérité. La situation prenait un tour qu'il n'avait pas du tout prévu. Il fit un pas vers elle.

— Stop.

— Stop à quoi ?

— Ne… ne jouez pas avec moi, bredouilla-t-elle. Je ne suis pas votre chose. Hier soir, vous avez utilisé mon corps contre moi. Vous avez profité d'une attirance qui me dépasse pour m'humilier. C'est impardonnable. Je vous conjure de ne plus recommencer.

Il la dévisagea, près d'imploser sous la force du désir qui le consumait.

— Et si je te disais que j'ai simplement envie de toi ?

Elle détourna les yeux.

— Pourquoi ?

Bonne question. La réponse s'imposa comme une évidence.

— Parce que, après cette mission, tu t'en iras dans le monde. Tu seras libre. J'aimerais t'apprendre une dernière chose… Ce que c'est d'être une femme. N'ai-je pas toujours été là pour toi ? N'ai-je pas été ton professeur en tout ?

— Je ne pense pas…

— Cesse de penser.

Une intense frustration bouillonnait dans ses veines. Il fulminait de la désirer si ardemment, ici, dans cet endroit, sans pouvoir la toucher. Il la voulait là, maintenant. Il ne tolérerait pas d'être repoussé. Pas par elle. Il en avait assez de se brider. Agnès avait besoin d'apprendre. Le monde était cruel et sans pitié. Elle devrait être forte. Elle l'était déjà, à l'épée, en combat rapproché. Mais elle n'entendait rien aux confrontations plus subtiles entre un homme et une femme. Il lui faudrait apprendre, ou elle risquait de prendre des coups. N'était-ce pas le rôle d'un mentor ? Il avait dû affronter une meute de chiens après avoir été quasi dévoré par des loups. Elle l'affronterait, elle aussi. Lui et ce désir qu'elle avait engendré en lui.

Les yeux d'Agnès s'agrandirent. Elle recula jusqu'à se retrouver dos à la paroi rocheuse. Les pierres précieuses faisaient miroiter l'eau, qui projetait des vagues mouvantes sur son corps nu. Elle était sublime. Il ne croyait pas une seconde à son petit numéro de biche effarouchée. Rien ne l'empêchait de l'attaquer. Elle était en mesure de lui tenir tête dans tout type de combat. Alors pourquoi jouer les ingénues sans défense ? Cela n'avait aucun sens.

— Où est passée ta fougue habituelle ?

— Stop, répéta-t-elle. Vous m'avez déjà prouvé que j'étais faible face à vous. Que je n'étais pas de taille si l'envie vous prenait de profiter de moi.

— Qu'est-ce qui te fait croire que c'est ce que j'ai envie de voir ?

Le regard de la jeune femme se durcit.

— Et pourquoi chercherais-je à vous plaire ? J'ai des sentiments, moi aussi. Vous avez raison, je n'avais jamais été touchée par un homme avant hier. Pas comme cela. Il y a bien eu ce type qui a essayé une fois. Mais il voulait me forcer et je me suis défendue. Mais vous… vous avez fait en sorte que je vous désire. Vous étiez censé être quelqu'un de sûr ! Quelqu'un de confiance ! Vous avez changé les règles !

— C'est vrai, admit-il. Mais tu m'as attaqué à l'épée, Agnès. Et tu prétends que c'est moi qui t'ai trahie en te faisant jouir ?

— Ce n'était pas la première fois qu'on vous attaquait à l'épée !

— Et si tu me montrais de quelle étoffe tu es faite ?

— Pourquoi ?

— J'aime ton tempérament de feu.

Elle eut un rire qui sonnait creux.

— C'est faux. Ce que vous aimez, c'est me dompter. Cela vous amuse, n'est-ce pas ? Moi et mon tempérament méritons mieux que cela.

Il plaqua les mains de chaque côté de ses épaules. Quelques millimètres plus près, et ses seins effleuraient son torse.

— Qu'est-ce qui t'effraie le plus ? L'inconnu ou ton désir pour moi ?

— Qu'est-ce que le désir a à voir là-dedans ? répliqua-t-elle. Je suis une femme, après tout. J'ai bien essayé de n'être qu'une guerrière et rien d'autre. Mais vous-même n'en avez pas fait autant. Vous n'avez jamais hésité à assouvir vos pulsions physiques. Vos amantes se succèdent à un rythme alarmant. Non, seules les femmes ne peuvent devenir fortes qu'en réprimant leur désir et en niant leur sexe. Vous et moi, ici… C'est la même chose qu'avec ces autres femmes. Vous vous êtes déshabillé devant moi. Vous êtes à portée de main…

Elle promena les yeux sur lui de haut en bas.

— C'est normal que je me pose la question de ce qui pourrait arriver. Mais vous…

Rapide comme l'éclair, il captura ses poignets et les plaqua au-dessus de sa tête, clouant la jeune femme contre la roche. Il en profita pour presser son torse contre ses seins, dont les pointes durcies frottaient délicieusement contre ses pectoraux.

— Pourtant, tu ne désires aucun autre homme, n'est-ce pas ?

Elle avait le souffle court, les pupilles dilatées. Mais elle ne lutta pas, alors même qu'elle était une combattante redoutable. Elle seule savait le mettre en difficulté en moins de temps qu'il ne fallait pour le dire.

— Je n'en connais aucun autre.

Pour l'instant. Mais cela viendrait. Un jour, elle offrirait ce corps tendre et implacable à la fois à quelqu'un d'autre. C'était inévitable dès lors qu'il l'envoyait explorer le monde loin de lui. Il lui avait appris à se battre et à se défendre. Pourquoi ne pas lui apprendre cela aussi ? Pourquoi ne pas lui enseigner tout ce dont son corps était capable ? C'était elle qui insistait pour s'émanciper et rompre définitivement son allégeance. Alors pourquoi continuer à garder ses distances ?

Et pourquoi serait-ce à elle de dicter ce qui se passait entre eux ou non ? Tant d'autorité de la part d'un si petit bout de femme ! Il avait pris soin d'elle toutes ces années. Aucun lien n'était aussi fort que celui qui les unissait, nulle part dans tout l'univers. Et elle choisissait de lui tourner le dos.

— De quoi as-tu peur, petite Agnès ?

Elle leva le menton.

— Pas de vous.

— Alors es-tu assez forte pour m'avoir comme tu le désires ?

Elle carra les épaules. Dans le mouvement, ses seins appuyèrent un peu plus contre son torse.

— Qu'est-ce que j'y gagnerais ? Quoi qu'il arrive, je vais partir. Mais je ne serai plus qu'une femme parmi toutes celles qui ont défilé dans votre lit pour satisfaire votre libido. Je me respecterai davantage si je vous repousse. N'est-ce pas la meilleure preuve de ma force ?

— Mais tu as envie de moi. Alors quelle importance ?

— Autrefois, je n'étais rien. Une anonyme parmi tant d'autres, expliqua-t-elle. Auprès de vous dans la Forêt, j'ai trouvé ma place. Je suis devenue quelqu'un, et cela compte pour moi. Mais si vous voulez m'utiliser comme toutes ces autres femmes pour me punir de vous avoir défié… pour me rendre insignifiante à nouveau… alors je refuse de rester plus longtemps.

Lazarus la dévisagea en silence. Elle était si différente des femmes qu'il avait désirées avant… Elle dont la vie s'était inextricablement enchevêtrée à la sienne. Il ne savait que répondre. Cela ne lui arrivait jamais d'être à court d'arguments. Sauf avec elle.

— Tu es Agnès, dit-il enfin. Jamais je ne te confondrais avec quelqu'un d'autre.

Il la scruta plus attentivement. Sa peur était bien réelle. Mais c'était cette peur qui la rendait si forte. L'évidence le frappa. Comment n'y avait-il pas pensé plus tôt ? Il devait la garder à ses côtés. La lier à lui pour toujours. S'il avait cherché à l'éloigner, c'était seulement parce que l'unique moyen honorable de le faire ne lui avait pas traversé l'esprit. Il ne pouvait posséder Agnès qu'à moitié. Maintenant qu'il la désirait, il devait la laisser partir…

Ou faire d'elle sa femme.

Elle lui appartenait, corps et âme. Elle faisait partie de

lui d'une façon qui défiait toute logique. Et ce dont elle avait besoin… ce n'était pas cela. Se battre, démontrer sa force, Agnès connaissait. Combien de fois avait-elle été utilisée ? Trop souvent, par son père lui-même pour son propre bénéfice. Mais qui s'était donné la peine de gagner sa confiance ? Qu'avait-on jamais fait pour elle ? C'était si limpide, à présent.

Agnès avait besoin de se sentir spéciale.

Les sentiments le dépassaient. Il ne connaissait que la voie de la force. Celle de l'honneur et du devoir. Il ne savait que posséder. Non, ce n'était pas tout à fait vrai… Il savait ce que c'était de prendre soin de quelqu'un. Il savait assumer ses responsabilités. Restait à le prouver à Agnès. Il devait trouver un moyen de l'atteindre. De faire en sorte qu'elle s'abandonne avec confiance au plaisir qu'il ne demandait qu'à lui prodiguer, sans plus se sentir blessée ou humiliée. Une nouvelle approche s'imposait.

Il libéra ses mains et recula.

— Je te laisse à ton bain.

— Pardon ?

— Tu n'as jamais connu le confort. Tu mérites de profiter pleinement de ce moment de détente.

Devant la confusion de la jeune femme, il ajouta :

— Tu as raison. Je n'ai rien à exiger de toi. Je suis censé être ton mentor, pas te faire peur ou te mettre mal à l'aise. Ce lieu est dédié au bien-être. Restes-y aussi longtemps que tu le voudras.

— Pourquoi ?

— Parce que tu n'es pas comme les autres femmes, Agnès. Pas pour moi. Je te présente mes excuses.

Sur ces mots, il sortit de l'eau et renfila son peignoir, puis quitta les bains sans se retourner.

[illegible] par mille façons [illegible]
[illegible]
[illegible] ? Combien de [illegible]
[illegible] ? [illegible]
[illegible] Mais un [illegible] la [illegible]
[illegible] ? Qu'a-t-on [illegible]
[illegible] à apprendre [illegible]

[illegible]

[illegible] Il n'avait [illegible]
[illegible] l'homme [illegible]
[illegible]

[illegible]

qu'il ne [illegible]
[illegible]

[illegible]

[illegible]

— Il n'a pas [illegible] la [illegible] de [illegible]
[illegible] de la [illegible] de [illegible]

Depuis [illegible]

[illegible]

[illegible]

— Parce que [illegible]

Après, [illegible]

[illegible]

7.

Agnès était déboussolée. Que s'était-il passé ? Lazarus la tenait à sa merci dans ce qui ressemblait à… Elle n'en était pas sûre. Une forme de séduction ? Et voilà que, sans crier gare, il la plantait là. Son cœur cognait si fort que sa poitrine menaçait d'éclater. Elle était… déçue, oui. En colère, sans vraiment comprendre pourquoi. Ou peut-être que si. Elle aurait voulu sentir sa bouche sur la sienne à nouveau, et ailleurs aussi. Mais rien ne s'était produit, et une inexplicable frustration la rongeait. N'était-ce pas elle qui l'avait repoussé ?

La vérité était qu'elle ne comprenait plus Lazarus. Lui d'ordinaire si prévisible… En homme intègre, il agissait toujours de manière réfléchie. Jamais au hasard, sur un coup de tête. Mais depuis quelques jours, il se comportait en bête sauvage et cela mettait à mal son cœur déjà vulnérable. Elle avait fait de son mieux pour museler ses sentiments pour lui. Mais s'il la désirait… Son attitude n'avait aucun sens. Elle ignorait à quoi il jouait avec elle, ou même si elle comptait pour lui ou non.

Elle connaissait bien Lazarus. Lors de leurs déplacements dans la Forêt, elle dormait à ses pieds et assurait sa protection. Son cœur et sa vie lui appartenaient. En échange, il veillait sur elle. Une responsabilité qu'il prenait très au sérieux. Mais se sentir responsable de quelqu'un et tenir à cette personne étaient deux choses différentes.

Rien chez Lazarus n'indiquait qu'il ressente quoi que ce soit. L'aimer était comme aimer un roc. Elle s'y était résignée. Au fond, c'était assez triste.

C'est pour cela qu'elle avait choisi un départ définitif. Si elle ne comptait pas pour lui, s'il n'avait nul besoin d'elle, alors qu'est-ce qui les unissait vraiment ? Mais la façon dont il l'avait regardée dans les bains… Rien que d'y penser, son corps la trahissait. Ses tétons pointaient douloureusement, et une vive chaleur inondait ses reins. Jamais elle n'oublierait le moment où il avait laissé tomber son peignoir. C'était la première fois qu'elle voyait un homme nu. Bien sûr, ce ne pouvait être que Lazarus. Son corps était une véritable œuvre d'art. Chaque ligne, chaque sillon, un témoignage de sa perfection, dont sa virilité était la manifestation la plus éclatante, fièrement érigée pour elle.

Pour toi ? Vraiment ?

Il était parti. S'il en était capable dans cet état, était-ce vraiment elle qu'il désirait ? Que représentait-elle pour lui ?

Elle s'enfonça dans les bains, loin du lieu de sa faiblesse. Que deviendrait-elle, séparée de Lazarus ? Elle ne pouvait imaginer sa vie sans lui, et cela la terrifiait. Elle ignorait quel genre de personne elle était par elle-même. Il y avait pourtant bien eu une époque où elle s'était retrouvée seule au monde et avait dû se débrouiller. Elle avait tout fait pour oublier cette période de sa vie. Mais en agissant ainsi, ne s'était-elle pas rendue trop dépendante de Lazarus ? Il avait le pouvoir de la briser. C'était ce qu'il s'apprêtait à faire, et elle ne savait comment réagir.

Elle se laissa flotter dans l'eau. D'innombrables questions sans réponses tourbillonnaient dans sa tête. Alors elle s'immergea tout entière pour ne plus penser à rien. En vain. Rien ne semblait pouvoir desserrer cet étau qui lui comprimait le cœur.

Deux vérités s'étaient imposées à Lazarus tandis qu'il s'assurait que le dîner soit à la hauteur des goûts d'Agnès. La première était qu'il devait la séduire. Par quelque moyen que ce soit. La seconde était qu'une fois ce premier objectif atteint il ferait d'elle sa femme. Pour de bon, plus seulement pour le bénéfice de son frère. Le moment était mal choisi pour songer au mariage. Il avait une mission autrement plus capitale à accomplir. Mais l'attitude d'Agnès, et son propre désir grandissant pour elle, le forçait à agir.

Parce qu'elle avait décidé de s'en aller ? Parce qu'elle aussi allait l'abandonner ?

Il lui avait dit ne pas avoir besoin d'elle. C'était la vérité. Il était parfaitement capable d'assurer lui-même sa protection. C'était cela, le plus étrange. Il n'était pas du genre à s'encombrer du superflu. Mais Agnès n'avait rien de superflu. Au contraire, elle était importante pour lui.

Un lien fort l'unissait aussi à Agamemnon, bien qu'il fût mort depuis longtemps. Il lui était redevable. Lazarus n'était pas un spiritualiste. Il ne croyait pas aux fées et aux esprits des arbres comme son peuple. Mais il ne pouvait nier l'existence d'une certaine connexion spirituelle inhérente au fait de sauver une vie. Or il n'avait que peu de connexions dans sa vie. Agnès était l'une d'elles. La seule qu'il lui restait. Chercher à la retenir n'était peut-être pas si dénué de mérite.

Il allait aussi avoir besoin d'une épouse, surtout s'il régnait sur Liri à la manière d'un monarque. Cette perspective le mettait mal à l'aise. Il n'était pas attiré par le pouvoir. Mais pour parvenir à ses fins, s'en emparer était le seul moyen. Il aurait donc besoin d'une reine qui lui donne des héritiers. Il avait pensé épouser une princesse douce et docile, élevée dans ce seul but. Sauf qu'une telle femme se briserait à son contact, trop fragile pour supporter ce qu'il était. Au fond, n'était-ce pas pour ce rôle qu'il avait entraîné Agnès, ces huit dernières années ? Se tenir à ses côtés. Partager son lit. Porter ses enfants. Cette vision déclencha une onde brûlante dans ses veines.

Il sortit sur la terrasse, où Agnès le rejoindrait bientôt. Quand ses sentiments pour elle avaient-ils changé ? Peut-être n'était-ce que son instinct masculin qui parlait. Le besoin de trouver une partenaire sexuelle à sa hauteur. Aucune de ses amantes n'avait jamais vraiment fait l'affaire. Agnès était son égale au combat. Peut-être qu'inconsciemment il avait toujours su qu'il l'entraînait aussi pour son lit…

Non. Non !

Il repoussa cette idée. Il la revit, recroquevillée dans cette ruelle parisienne, tremblante de peur. Il n'avait rien ressenti de tel, alors. Mais parce qu'il lui avait sauvé la vie, un lien immédiat s'était forgé entre eux, comme Agamemnon le lui avait appris. Il avait bien essayé de le rompre tout de suite en tournant les talons…

« Où allez-vous ? »

« Je retourne dans mon royaume. »

« Je peux venir avec vous ? »

Il l'avait regardée alors, longuement, de haut en bas. Elle était si menue, presque fragile. Une petite souris aux cheveux noirs et ternes, à l'expression renfrognée. Que ferait-il d'une fille pareille ? Que pourrait-il bien accomplir avec elle ?

Il l'avait ramenée à contrecœur, et l'entraînement avait commencé. Ses doutes sur sa démarche n'avaient pas tardé à se dissiper à mesure qu'elle progressait. Ses cheveux avaient gagné en brillance. Son corps s'était musclé et affermi. Elle avait acquis une agilité sans pareille, doublée d'un sens de l'attaque infaillible. Une réussite à tout point de vue. Elle était devenue une constante dans sa vie, présente à chaque décision qu'il devait prendre. Elle faisait partie de lui comme rien ni personne d'autre.

Quelques semaines plus tôt, elle attisait le feu de camp, et les flammes avaient éclairé son sourire, nimbant son visage d'un éclat doré. Il avait su, alors, qu'elle serait parfaite dans le rôle de sa fiancée devant son frère. Elle seule convenait. Pourquoi son véritable mariage devrait-il être avec une autre ? Sa future femme ne pouvait être qu'elle. C'était une évidence. Il lui donnerait donc ce qu'elle voulait : être spéciale. Car c'était cela dont elle rêvait par-dessus tout. Quoi de plus normal ? Elle venait d'un foyer brisé et avait vécu dans la rue. Elle attendait plus de la vie à mesure qu'elle traçait son chemin. Ce rêve, il pouvait l'exaucer. Plus besoin de la laisser partir. Quelle nécessité avait-elle d'une éducation extérieure s'il se chargeait lui-même de la lui dispenser ?

Au même instant, elle apparut sur la terrasse, drapée dans la robe dorée essayée à Paris. Elle était à couper le souffle. La bête en lui n'en aurait fait qu'une bouchée.

Elle plissa des yeux méfiants devant la table somptueusement dressée pour deux.

— On peut dire que vous soignez les apparences…

— Non, ce dîner est pour toi.

— Pour moi ?

— Mon intention première était de donner le change à mon frère. Mais c'est plus que cela.

L'air peu convaincu, elle s'assit sur la chaise qu'il avait tirée pour elle.

— Deux dîners raffinés en une semaine… je n'ai pas l'habitude, plaisanta-t-elle.

— Mais c'est ce que tu veux, n'est-ce pas ?

— J'ai déjà tout ce que je peux désirer, et même plus, affirma-t-elle. Une maison. Une vie stable. Du moins, pour l'instant. Tout va changer une fois la mission terminée. Vous allez rester ici, non ?

— Peut-être. À moins que je ne déplace le siège du pouvoir dans la Forêt.

— Comment gouvernerez-vous si les gens ne vous voient pas ?

Il laissa échapper un rire.

— Je l'ignore. Mais rien ne reste longtemps incertain avec moi. Les choses se mettront en place d'elles-mêmes.

— Vous êtes très confiant.

— Bien sûr. N'ai-je pas toujours fait ce qu'il fallait ?

— Avez-vous fait ce qu'il fallait dans les bains ?

Elle le provoquait à dessein. Il n'en attendait pas moins d'elle.

— Oui. J'ai eu raison de partir, car tu n'étais pas sûre, Agnès. Pour que nous ayons une relation physique, il faut que tu en aies envie.

Son visage devint écarlate. Une réaction qu'il se surprit à trouver adorable.

— Je n'ai jamais dit que c'était ce que je voulais, ni que j'étais contre, bredouilla-t-elle. J'étais juste… submergée.

— C'est ce que je dis, tu n'étais pas sûre. Le sexe doit être quelque chose d'impossible à combattre. Quelque chose dont tu ne peux pas te passer. C'est ton corps qui prend la décision pour toi. Quand ton corps sera prêt, alors tout sera clair, et tes doutes disparaîtront.

Lazarus savait exactement ce qu'il attendait d'Agnès : une nouvelle reddition. Elle lui avait offert sa vie par obligation. À présent, il voulait l'entendre le supplier par pur abandon. Il était capable de l'amener là, il n'avait aucun doute là-dessus. C'était son objectif – la séduire. La rendre spéciale. C'est ainsi qu'il la ferait sienne. Toutes ces années à ses côtés, et il n'avait jamais compris ce qu'elle désirait vraiment. Ce soir, il réparerait ce manquement.

— Mangeons, dit-il.

Le repas était exactement conforme à ses instructions : savoureux et bien présenté, avec une riche sélection de desserts comprenant gâteaux et tartes à la crème accompagnés de délicates truffes au chocolat. Tout ce qu'Agnès aimait le plus au monde.

— Parle-moi de l'Ohio, lança-t-il.

La jeune femme s'esclaffa.

— C'est bien la première fois qu'on me pose cette question.

— Te souviens-tu de cette époque ?

Elle réfléchit un instant.

— Pas vraiment. Je revois la maison, une vieille bicoque délabrée, pleine de courants d'air en hiver. Parfois, l'électricité était coupée. Je me souviens de ma mère, qui ne souriait jamais. Et aussi de son enterrement. Il n'y avait pas grand monde. Ses parents étaient là. Mes grands-parents… Mais ils sont partis juste après sans adresser la parole à mon père. Ils n'avaient pas l'air d'avoir envie de me connaître.

Son front se plissa sous l'effort de concentration.

— Je crois qu'ils venaient d'Hawaï. Ils avaient froid en Ohio en plein hiver. Je ne sais pas… C'est tout ce dont je me souviens. Puis mon père a parlé d'une opportunité en or et d'un voyage. C'était la première fois que je prenais l'avion. Le vol a été interminable. Je n'avais avec moi qu'un seul petit sac. À partir de là, j'ai passé mon enfance à sillonner l'Europe. D'abord l'Allemagne, puis l'Angleterre, le Luxembourg et la Belgique. Nous sommes restés quelque temps en Suisse. Ensuite, il y a eu la Norvège. Je me plaisais là-bas. C'était tellement beau et sauvage à la fois ! J'ai aussi adoré l'Islande. En chemin, j'ai appris les rudiments de nombreuses langues différentes. J'ai oublié ma vie d'avant. Je vivais au jour le jour, en me fondant dans mon rôle du moment. C'était plus facile. Plus facile d'oublier qu'avant j'allais à l'école. Que j'avais une mère. Des grands-parents quelque part. Mon père se lançait dans de nouvelles escroqueries partout où nous allions, parfois avec l'aide de complices. C'est pour cela que nous devions partir. Ou parce que la police était sur le point de nous coincer. À dix ans, je n'avais pas moins de six passeports.

Lazarus écoutait. Elle était si forte, son Agnès ! Il était arrivé trop tard dans sa vie. Il aurait aimé la sauver avant.

— Une bien triste existence, commenta-t-il.

Elle haussa les épaules.

— Je n'en connaissais pas d'autre. Puis nous nous sommes retrouvés à Paris. Pour une adolescente de quinze ans, c'était excitant. Du moins, au début, avant que je ne découvre l'envers du décor. C'est une belle ville, mais sous le glamour et les paillettes grouille un univers bien plus sombre. Comme partout. Alors, avec les quelques sous que j'avais, je m'achetais du pain et marchais jusqu'à la tour Eiffel. J'aimais bien m'asseoir là-bas et rêver à ce que serait ma vie si quelqu'un, n'importe qui, m'emmenait. C'est là que vous êtes arrivé. Vous m'avez sauvée quand tout semblait perdu. Je vous en serai éternellement reconnaissante.

Lazarus ne put s'en empêcher, il tendit le bras et lui effleura la joue, juste pour la toucher. La sentir là, bien réelle à ses côtés. Ce qu'elle lui confiait n'était pas une preuve de loyauté. C'était bien plus intime que cela.

— N'importe qui en aurait fait autant, assura-t-il.

— Non, d'autres auraient appelé la police. Ils n'auraient pas eu le choix. Personne n'aurait pu venir seul à bout de tous ces hommes.

— J'ai été élevé ainsi. En fin de compte, nous sommes tels que nous avons été façonnés.

— Jusqu'à ce qu'on nous montre une autre voie possible, nuança Agnès. C'est ce que vous avez fait. Moi, je me contentais de rêver. Je savais que je n'avais pas envie d'être un escroc, que ce que faisait mon père était mal. Mais je ne savais pas quoi faire d'autre. Changer de vie est difficile, alors je faisais le vide dans ma tête. Je m'interdisais de penser. C'est plus facile de reproduire ce qu'on nous a appris, jusqu'à ce que quelqu'un nous donne la force de chercher ailleurs et de vouloir autre chose. C'est le cadeau que vous m'avez fait.

— Te souviens-tu de ton nom de famille ?

Elle secoua la tête.

— Non. Je n'aime pas remonter aussi loin. Il doit être là, enfoui quelque part dans ma mémoire. J'ai bien dû l'écrire sur mes devoirs à l'école… Mais c'était il y a si longtemps.

— C'est le nom d'une personne que tu souhaites oublier.

— Oui.

Elle promena les yeux autour d'elle.

— Je n'imagine pas retourner un jour dans la maison de mon enfance. Qu'est-ce que cela vous fait d'être ici ?

« La maison de son enfance. » Drôle de façon d'appeler un palais, mais c'était bien ce qu'il était. Il avait quatre ans quand il l'avait quitté. Agnès, elle, avait six ans. Peut-être ces deux années portaient-elles en elles plus de souvenirs que les quatre premières de sa vie. Pourtant… Une fois n'est pas coutume, il autorisa son esprit à replonger dans le passé. Cette aquarelle floue dont seules ressortaient des taches de couleurs vives, mais empreinte, comme les toiles de maîtres, d'émotions bien réelles. Pour la première fois, il prit le temps de rester devant, de la contempler. De s'en imprégner.

— Il ne me reste que de vagues images, répondit-il. Des impressions plus que de véritables souvenirs.

— Vous rappelez-vous votre chambre ?

— Pas exactement. Je me revois au lit, sous les couvertures, pendant qu'une femme me lit une histoire. J'ignore s'il s'agit de ma mère ou d'une nourrice.

En réalité, il savait que c'était sa mère. Pas parce qu'il

revoyait son visage dans son esprit, mais parce qu'il se souvenait du bien-être qu'il ressentait dans ces moments-là. Un bonheur si absolu qu'il ne pouvait venir que d'une mère. Il en était convaincu.

— Je me revois à table, où on me sert mon plat préféré… Des nuggets de poulet.

Agnès éclata de rire.

— Je n'aurais jamais cru avoir un point commun avec un prince. C'était mon plat préféré, à moi aussi. J'ignorais qu'on servait ce genre de chose dans un palais.

— Si je me souviens bien, mon frère et moi étions assis ensemble en bout de table. On nous servait un repas différent de celui de mes parents.

— Ah oui, Alexius. Moi, je n'avais pas de frères et sœurs.

— Moi non plus, après mes quatre ans.

— Que s'est-il passé exactement, ce jour-là ? Vous ne me l'avez jamais raconté.

— Je jouais dans les jardins avec mon frère, commença-t-il. Notre ballon a roulé vers les bois, et je me souviens… je me souviens de lui avoir couru après. Puis tout est devenu sombre. Je ne voyais plus rien. Le palais était censé être juste derrière moi, mais j'avais beau marcher et marcher, il n'était jamais en vue. Je n'ai pas retrouvé le ballon, ni mon chemin. C'est là que j'ai entendu les loups hurler. Dans les histoires, il y a toujours un grand méchant loup qui mange les enfants. J'ai bien essayé de me cacher, mais ma vision n'arrivait pas à s'adapter à l'obscurité. J'ai passé la nuit blotti sous un rocher qui affleurait. Quand je suis sorti au matin, ils étaient là. Toute une meute. Ils m'ont bloqué le passage vers ma cachette et se sont avancés vers moi. Ce sont des chasseurs, ils savent comment acculer leur proie.

Son expression s'adoucit légèrement.

— Agamemnon m'a sauvé de justesse. Il les a fait fuir

en les attaquant à coups de bâton, mais sans les tuer. Plus tard, il m'a expliqué que c'était parce que les habitants de la Forêt avaient appris à coexister avec les animaux. Ils ne chassaient pas plus que nécessaire, et les loups laissaient le village tranquille. Au début, je n'y croyais pas. Mais depuis que je vis là-bas, personne n'a jamais été attaqué. Personne de chez nous. En revanche, quand mon plus jeune frère s'est aventuré dans la Forêt…

— Il s'est fait dévorer, acheva Agnès.

Lazarus hocha la tête.

— Alors peut-être est-ce vrai. Agamemnon m'a dit que je faisais partie des leurs, désormais, et que je devais lui prêter allégeance, poursuivit-il. C'est ce que j'ai fait. Il m'a expliqué que je devais oublier ma famille, car elle ne viendrait jamais me chercher, parce que mon père avait peur d'entrer dans la Forêt. Puis il m'a raconté comment mon arrière-grand-père avait jugé la population aborigène trop dangereuse. Comment il avait supprimé leur gouvernement et les avait chassés de chez eux. Une partie a fini par se réfugier dans les bois pour échapper aux persécutions, mais beaucoup ont été tués. Cette terre était la leur, avant que les colons de Grèce et d'ailleurs ne s'y installent. Avec le temps, les cultures se sont mélangées. Ceux qui avaient préservé leur mode de vie ancestral étaient déjà vus d'un mauvais œil. Mais c'est mon arrière-grand-père qui a décidé de les éradiquer pour de bon.

Sa mâchoire se serra.

— D'après Agamemnon, j'étais un cadeau du ciel envoyé pour les venger. Tu as raison, Agnès. Nous sommes tels qu'on nous a élevés, jusqu'à ce qu'on nous montre une autre voie. Le peuple de la Forêt a subi une terrible injustice. C'est à moi qu'il échoit de restaurer ses droits.

— Agamemnon ne vous lisait jamais d'histoire avant de vous coucher ?

— Si, en quelque sorte. Il me racontait celle de son

peuple autour du feu. Il m'a appris à chasser et à cueillir ma nourriture. À cuisiner. À me battre. Il a fait de moi un homme. Moi, le prince gâté passant ses journées à jouer au ballon et attendant sagement à son coin de table qu'on lui serve des nuggets de poulet… Dans la Forêt, je me suis vite endurci. C'était la seule façon de survivre.

— Être un petit garçon ne vous a jamais manqué ? questionna Agnès.

— J'ai oublié cette vie-là. Comme tu l'as dit toi-même, c'était plus facile.

Il n'avait jamais réalisé qu'il avait autant en commun avec Agnès. Peut-être parce qu'il ignorait ressentir tout cela avant maintenant. Avant de le mettre en mots.

— Je suis devenu quelqu'un d'autre, conclut-il.

— Et aimez-vous l'homme que vous êtes devenu ? s'enquit la jeune femme.

— Cet homme est celui qui t'a sauvée à Paris. Le prince de Liri ne l'aurait pas fait. Tu as dû entendre parler de la vie dissolue que menait mon frère Dionysus. Qu'est-ce qui m'aurait empêché de devenir comme lui ?

— Alexius est différent, observa Agnès. Il suffit de se renseigner un peu sur lui pour comprendre que c'est un homme droit et honnête. Il vous ressemble beaucoup.

— Je n'en suis pas convaincu.

— Que faudrait-il pour vous en convaincre ?

— Cela n'a aucune importance. Nous poursuivons le même but, non ? Faire en sorte que justice soit rendue.

— Bien sûr, mais…

— Et après, Agnès ? Que comptes-tu faire de ta vie ?

Elle le dévisagea par en dessous, l'air méfiant.

— Je n'y ai jamais vraiment réfléchi. Avec vous, ce n'était pas la peine puisque mon rôle était tout tracé. Comme vous, je me suis endurcie. J'ai appris à chasser et à me battre. Survivre, je sais faire. Au-delà de cela…

— Tu vivras de nouvelles expériences dans le monde extérieur.

— C'est vous qui me l'avez ordonné.

— Mais c'est toi qui as décidé de reprendre ta liberté, pointa Lazarus. Alors dis-moi, Agnès… de quoi rêves-tu ?

— Tu vivras dans l'[illegible] dans le monde [illegible]

— Car vous qui me l'avez [illegible]

— [illegible] quitter [illegible]
pour [illegible] de [illegible]

8.

Agnès ne savait que répondre à cette question. À vrai dire, toute cette soirée la déstabilisait. Elle n'avait jamais discuté ainsi avec Lazarus autour d'un repas, comme s'ils… comme s'ils étaient amis.

— Autrefois, je rêvais de stabilité, dit-elle. Je rêvais de toujours manger à ma faim. Tout cela, vous me l'avez donné. Je ne crois pas avoir jamais eu d'autre ambition.

— Allons, insista Lazarus. L'adolescente qui contemplait la tour Eiffel en grignotant du pain devait bien avoir autre chose en tête. De quoi rêvais-tu vraiment ?

— Eh bien, je ne sais pas. Les gens rêvent de ce qu'ils feront plus tard dans la vie. Mais cela change avec le temps. Comme ces enfants qui veulent devenir astronaute sans savoir à quel point il est difficile d'atteindre la lune. Je n'ai jamais réfléchi à ce genre de choses. Mais…

Elle hésita.

— Je me suis souvent demandé ce que cela ferait d'être aimée. D'être chérie et non plus utilisée. Quand je rêvais qu'on vienne me sauver, je pensais à mes grands-parents que je n'ai jamais eu la chance de connaître. Je rêvais d'un foyer stable où je serais accueillie à bras ouverts. Je rêvais d'avoir des amis…

— Un amant ? la pressa Lazarus.

Les joues d'Agnès s'enflammèrent. Elle ne se rappelait que trop bien le feu qu'il était capable d'allumer en elle.

Non, elle n'avait jamais rêvé d'un amant… jusqu'à ce qu'il surgisse dans sa vie. Les hommes, avant lui, avaient toujours représenté une forme de danger à ses yeux. Ils lui faisaient peur. Avec Lazarus, elle s'était mise à rêver d'être touchée comme une femme l'est par un homme. Surtout durant leurs entraînements, quand il l'immobilisait entre ses bras d'acier et lui enjoignait de se libérer. Sauf qu'elle n'en avait aucune envie. Elle aurait préféré s'abandonner contre lui à cette fièvre qui la consumait. Elle aurait voulu que son étreinte change, se fasse plus tendre… Elle se sentait étrangement attirée par lui. Peu à peu, elle était tombée amoureuse. Sa loyauté s'était muée en un sentiment plus profond, sans que leur relation n'en souffre car il maintenait entre eux une hiérarchie stricte. Ses hormones étaient en effervescence, mais lui satisfaisait les siennes avec d'autres femmes. Des femmes de son âge, pas des adolescentes en proie à leur premier béguin. Ses mains calleuses sur elle continuaient pourtant à la faire frissonner. Leurs exercices de combat constituaient pour elle la plus érotique des expériences. Jusqu'à leur affrontement dans ce penthouse à Paris…

Puis il y avait eu l'épisode des bains, où elle l'avait vu nu pour la première fois.

— Bien sûr, répondit-elle. Même une guerrière est faite de chair et de sang. J'ai bien essayé de me dévouer pleinement à mon rôle et d'oublier le reste, mais… je veux plus que cela.

— C'est pourquoi tu comptes me quitter et te trouver un amant ?

— Pourquoi pas ? répliqua-t-elle, en colère tout à coup. Et peut-être pas qu'un seul. Combien avez-vous eu d'amantes, vous ?

— J'ai perdu le compte, dit-il avec un petit rire. Est-ce vraiment ce que tu veux ?

Ce qu'elle voulait, c'était lui, et cela la terrifiait. Peut-être parce qu'il était tout pour elle. Un homme puissant et attirant. Celui qui l'avait prise sous son aile. Celui qui lui avait donné un but et avait changé sa vie du tout au tout.

Il se pencha vers elle.

— Je pourrais t'apprendre.

Il avait soufflé ces paroles d'une voix veloutée, comme le café qu'elle sirotait avec son gâteau. Des mots empreints d'une irrésistible tentation.

— Je pourrais t'enseigner tout ce dont ton corps est capable, Agnès. Mais tu mérites mieux que cela. Mieux qu'un simple entraînement.

Plus il parlait, plus le danger grandissait.

— Tu mérites un homme qui prenne son temps avec toi, prêt à donner autant qu'à prendre. Que t'a-t-on jamais donné dans la vie ?

— Je… Vous m'avez donné beaucoup.

— Je veux te donner plus. Je veux t'étendre sur un lit et butiner ta peau pendant des heures. Je veux te faire l'amour, lentement la première fois, mais après… Cela ne te suffira pas, n'est-ce pas ? Tu es une guerrière. Une femme et une guerrière. Tu l'as toujours été. Tu aimes te mesurer à moi. Je te donnerai ce que tu veux. J'éprouverai ta force entre mes bras, et tu en feras autant. Parce que c'est ce que je veux, moi aussi. Toutes mes amantes ont toujours été fragiles et malléables… Je n'ai jamais possédé une femme comme toi. L'idée m'intrigue. Plus que cela, même. Je veux enlacer toute cette force brute et la sentir contre moi. Voilà pourquoi il ne peut s'agir d'un simple entraînement. Je veux que tu me montres ce dont ton corps est capable, Agnès. Ce que lui seul peut faire au mien. Je veux goûter à ce plaisir qui ne peut exister qu'entre nous…

Il la regardait droit dans les yeux, sans ciller. Chaque mot lui faisait l'effet d'une caresse, dont elle brûlait qu'elle devienne réelle. Elle voulait que ce moment conduise à quelque chose de plus. Le désir faisait rage entre ses cuisses au point de chasser toute pensée cohérente de son esprit. Était-ce cela qui poussait une femme à se ridiculiser pour un homme ? Elle l'avait vu au village. Ces filles qui gloussaient devant Lazarus, prêtes à tout pour se faire remarquer. Il ne leur accordait pas un regard. Il préférait les femmes expérimentées, du moins était-ce ce qu'elle avait observé. Une préférence qui la rendait d'autant plus spéciale. Il l'avait dit lui-même : il n'avait jamais été avec une femme comme elle. Et cela… n'était-ce pas la plus puissante des tentations ?

Il se pencha encore, et leurs bouches se frôlèrent. Tout son être s'embrasa telle une torche. C'était un baiser lent et sensuel, délibérément langoureux. Mais pas pour les apparences, comme au restaurant à Paris. Sa langue s'insinua entre ses lèvres et chercha la sienne. Chavirée par la sensation, elle en oublia de résister. Son baiser était comme une drogue anesthésiant toutes ses peurs. Plus rien n'existait que ce moment. Que cette main sur sa joue, caressante et non plus dans l'attaque. Que ces lèvres exigeant confirmation, et non soumission.

Cette bataille-là était la plus périlleuse qu'elle ait jamais menée, mais elle s'y jetait à corps perdu, et de son plein gré. Sa culotte était déjà humide. Oui, elle voulait désespérément ce que lui seul pouvait lui donner. Ne l'avait-il pas déjà fait une fois ? Les caresses de sa langue sur sa chair se réverbéreraient en elle pour le restant de sa vie. À quel point la sensation serait-elle décuplée s'il la possédait vraiment ? S'il la pénétrait de son membre viril qu'elle avait vu pour la première fois dans les bains ?

Elle avait eu peur, alors. Parce qu'il la voulait… sans qu'elle sache vraiment pourquoi. Il était en colère. Agressif. Sa façon de l'approcher l'avait effrayée et déstabilisée. Mais c'était différent, à présent. Elle se surprit à se pencher vers lui aussi loin que possible sans tomber de sa chaise. Lazarus en profita pour l'attirer sur ses genoux en lui écartant les cuisses, de sorte que son mont de Vénus se retrouve en contact direct avec le renflement dur sous son pantalon. D'instinct, elle se mit à onduler des hanches en accentuant la friction. Le mouvement lui vint tout naturellement, bien que ce fût nouveau pour elle. Son corps savait exactement quoi faire tandis qu'elle cherchait ce plaisir unique dont il avait parlé. Unique en raison des années passées à ses côtés. Avant lui, elle n'était rien. Une feuille morte balayée par le vent. Maintenant, c'était elle, le vent. Ensemble, ils soulevaient des tempêtes.

Elle encadra son visage de ses mains et lui rendit son baiser, avec toute la passion refoulée en elle depuis trop longtemps. Un gémissement lui échappa lorsque ses va-et-vient stimulèrent ce point sensible où se concentrait son désir. Elle voulait plus. Une part d'elle avait peur. Après tout, elle était vierge. Mais elle en avait besoin. Elle avait besoin de Lazarus en elle, maintenant.

— Lazarus, souffla-t-elle.

— Oui ?

— Lazarus, je…

— Tu peux encore parler. C'est que tu n'as pas assez envie de moi.

Pas assez envie de lui ? Elle pantelait littéralement de désir !

— Repose-toi cette nuit. Je ne viendrai pas t'importuner.

Alors qu'il l'importune maintenant ! Elle n'attendait que cela !

— Agnès, dit-il de cette façon que lui seul avait de prononcer son nom. Pense avec ton corps, pas avec ta tête.

Et il la reposa sur sa chaise. Agnès ne savait plus où elle en était, en proie à une intense frustration. Le sexe, selon lui, exigeait qu'on abandonne tout contrôle. Il les avait pourtant coupés en plein élan, preuve qu'il était parfaitement maître de lui-même. Agnès, elle, en aurait été incapable. Elle l'aurait laissé la prendre là, sur la terrasse, sans aucune réserve.

Une autre question la taraudait tandis qu'ils finissaient leurs cafés et se levaient de table.

Pourquoi maintenant ?

Alors qu'ils regagnaient leur chambre, elle se jeta à l'eau.

— Lazarus ? Qu'attendez-vous de moi, au juste ?

— Une question pertinente. J'y ai beaucoup réfléchi, Agnès, et… C'est moi qui t'ai encouragée à quitter quelque temps la Forêt. Ma position n'a pas changé. Tu as besoin de redécouvrir le monde extérieur. Mais à ton retour…

Son regard happa le sien.

— Je veux que tu deviennes ma femme.

9.

Agnès crut avoir mal compris. Elle ? Sa femme ?

— Pourquoi voudriez-vous m'épouser ? bredouilla-t-elle, sous le choc.

— Un roi doit avoir une reine. Une épouse qui lui donne des héritiers. Un lien inexplicable nous unit depuis toutes ces années. Aujourd'hui, je sais pourquoi. C'est dans mon sang. C'est d'une guerrière dont j'ai besoin à mes côtés, pas d'une princesse.

Sur ces mots, il disparut dans la salle de bains. Quelques secondes plus tard, le bruit de la douche lui parvint.

Agnès s'assit sur le bord du lit, le cœur dans tous ses états. Il voulait l'épouser. Il voulait qu'elle devienne sa femme parce que c'était logique. Accepter lui donnerait une place permanente à ses côtés, et il n'y aurait plus d'autres femmes. C'était presque un rêve qui s'exauçait. À un détail près.

Il ne l'épousait pas par amour.

Et n'était-ce pas d'amour qu'elle rêvait autrefois ?

Mais rien n'était aussi simple dans la vie. Le monde ne fonctionnait pas comme dans les contes de fées. Ne lui offrait-il pas déjà plus qu'elle n'aurait osé espérer ? La stabilité. Une place dans son cœur et auprès de lui.

Et sa soif de vengeance ? lui souffla une petite voix.

Agnès soupira. Lazarus parlait de justice pour son peuple, mais il y avait autre chose. Quelque chose en rapport avec sa famille. Les souvenirs qu'il avait évoqués semblaient heureux. Alors d'où lui venait cette vision déformée de ses parents et de son frère ? Des histoires d'Agamemnon ? Non, pas seulement, elle en était convaincue. Au fond de lui se terrait un petit garçon terrifié dont la famille ne l'avait pas cherché. C'était un inconnu qui l'avait sauvé des loups. Était-ce vrai qu'ils n'avaient pas essayé de le retrouver ? Qu'ils n'avaient rien fait à cause de ce qui s'était passé des générations plus tôt ? Si ces questions travaillaient Agnès, Lazarus devait se les poser aussi.

Cela ne pouvait signifier qu'une chose : son opération séduction déployée à table était plus calculée qu'il ne voulait bien le dire. C'était un test. Une bataille. À elle de choisir ses armes.

« Quelque chose d'impossible à combattre. Quelque chose dont tu ne peux te passer. C'est ton corps qui prend la décision pour toi. »

Mue par une résolution nouvelle, elle se leva et s'approcha de l'armoire. À l'intérieur étaient rangées les tenues essayées à Paris, mais aussi d'autres vêtements et accessoires. Un ensemble en particulier attira son attention, tout en dentelle dorée. Un caraco largement échancré avec une ceinture à la taille, complété par la plus minuscule culotte qu'elle ait jamais vue. Elle se déshabilla et passa la lingerie, puis s'examina dans le miroir. Une ombre de duvet transparaissait entre ses cuisses, ainsi que ses mamelons à travers la dentelle. Lazarus ne manquerait pas de le remarquer. Mais ne l'avait-il pas déjà vue nue ? Alors pourquoi pas ?

Elle attendit qu'il sorte de la salle de bains. Ce qu'il fit bientôt, seulement couvert d'une serviette nouée autour des hanches. Son large torse luisait de gouttes d'eau ruisselant de ses pectoraux jusqu'au relief de ses abdominaux. Il était vraiment à se damner. Le plus bel homme qu'elle ait jamais vu.

Non, elle ne regretterait rien, décida-t-elle avec une absolue certitude. Quelles que soient les répercussions. Il n'y avait que deux scénarios possibles. Soit il réussissait son test et elle acceptait de devenir sa femme. Soit il échouait… et elle se lançait encore vierge dans sa nouvelle vie, où elle se trouverait un autre amant. Un homme capable de perdre la tête pour elle.

— Agnès, articula-t-il d'une voix enrouée.

Visiblement, sa tenue ne le laissait pas indifférent.

— Nous en avons déjà discuté, dit-elle. Vous n'êtes plus mon roi. Je n'ai plus à obéir à vos ordres.

— Vraiment ?

Son ton posé ne la trompait pas. Mieux valait ne jamais baisser sa garde avec Lazarus.

— Vous avez reculé avant que je ne sois prête.

— Prête à quoi ?

— Vous prétendez ne pas vouloir être mon professeur. Mais c'est plus fort que vous, n'est-ce pas ? Le sexe doit être quelque chose d'impossible à combattre, une décision prise avec le corps. Pour vous comme pour moi. Vous réfléchissez trop.

Elle s'avança vers lui, les yeux rivés aux siens, en imitant ce déhanché sensuel qu'elle avait observé chez les autres femmes. Lazarus la regardait, comme hypnotisé. Ce pouvoir qu'elle se découvrait lui plaisait. Il attendait de voir ce qu'elle allait faire ensuite. Il n'en avait pas la moindre idée et, à vrai dire, elle non plus. Mais c'était gratifiant d'être capable de le surprendre. Et peut-être aussi de se surprendre elle-même.

Parvenue à sa hauteur, elle n'hésita pas une seconde. Elle fit exactement ce dont elle rêvait depuis si longtemps. Lazarus était un homme extrêmement sexy. Elle fantasmait déjà sur son corps avant même de démêler ces émotions inconnues qu'il suscitait en elle. Elle se rappelait le jour exact où elle avait compris qu'elle le désirait. Une femme s'était approchée de lui autour du feu, tout en courbes et sourires aguicheurs. Elle avait posé une main sur son torse, et Lazarus avait répondu. Il avait pris cette main, puis tous deux s'étaient éclipsés dans le noir. Elle avait réalisé, alors, ce qu'ils y faisaient. Et elle s'était imaginée posant la main sur son torse, elle aussi. Elle s'était demandé ce qui arriverait. Ce que cela ferait de le suivre dans l'obscurité. La jalousie lui avait dévoré le cœur, mais au moins tout était devenu clair. Le voile s'était déchiré sur ce qu'elle ressentait vraiment, même si cette prise de conscience avait donné lieu à de nouveaux tourments.

Mais ce soir… Ce soir était le moment de vérité. Alors elle posa la main sur son torse, comme elle brûlait de le faire depuis qu'elle était tombée amoureuse de lui et, dans le même temps, avait compris que cet amour était impossible. Elle était heureuse, pourtant. Heureuse d'aimer, malgré ses sentiments à sens unique. Ce soir, elle pouvait enfin le toucher, libérer cette part secrète d'elle-même. La femme, et non la guerrière. Celle qui lui avait juré bien plus que sa loyauté. Celle qui lui avait donné son cœur.

À présent, elle lui donnerait son corps, s'il le voulait. Et elle lui ferait perdre la tête pour elle, car il n'avait jamais possédé de femme comme elle. Il l'avait dit lui-même. Pour elle, ce serait la première fois. Mais elle ne voulait ni précautions ni délicatesse. Elle voulait… eux. Tels qu'ils étaient. Pas Lazarus avec une femme vierge, mais Lazarus avec *elle*, Agnès.

Dans un accès d'audace, elle fit glisser sa main le long de son torse, savourant les sensations que ce geste lui procurait. Les muscles fermes sous ses doigts. Le duvet rugueux. Il était un homme, dans toute son éclatante virilité. Et elle était une femme. Cette frontière avait tendance à se brouiller parmi les guerriers. Mais là, en cet instant, c'était indéniable. Ils étaient deux êtres de sexe opposé, poussés l'un vers l'autre par leur désir mutuel.

— J'ai envie de vous, dit-elle haut et fort. Ce que vous avez fait à Paris était injuste. Je n'étais pas préparée. Pendant des années, je me suis forcée à réprimer mon attirance pour vous. Vous n'avez pas idée du supplice que cela a été. Et puis soudain… vous bouleversez tout ! Vous posez votre bouche sur moi… là… là où je m'interdisais de vouloir que vous me touchiez. Vous me croyez innocente. Mais mes fantasmes depuis des années sont tout sauf innocents.

Elle glissa une main sous sa serviette, qui se dénoua d'elle-même et tomba au sol, dévoilant son corps. Ah, ce corps ! La perfection masculine incarnée.

— J'ai envie de vous, répéta-t-elle en enroulant les doigts autour de son membre durci.

Preuve qu'il se consumait pour elle autant qu'elle pour lui. Dans un grognement rauque, il ferma les yeux et renversa la tête en arrière. Jamais elle ne l'avait vu ainsi. Il y avait là une forme de résignation qui ne ressemblait pas au Lazarus qu'elle connaissait. Elle se sentait puissante, tout à coup, alors même que le désir lui coupait les jambes. Un mélange détonant de pouvoir et de faiblesse. Il n'y avait rien qu'elle ne puisse lui faire, mais il n'avait qu'à prendre sa bouche pour inverser les rôles. Dans cette bataille, ils seraient tous les deux gagnants.

Un frisson d'anticipation la traversa.

— Comment me trouvez-vous ? susurra-t-elle en passant lascivement sa langue sur sa lèvre supérieure.

Elle ignorait être capable de cela. Mais le résultat fut immédiat. Lazarus l'attrapa par les poignets et la projeta sur le lit, avant de se positionner au-dessus d'elle.

— Petite sorcière…

— Peut-être, convint-elle. Il y a comme de la magie dans l'air, non ?

Elle cambra les reins et le sentit venir à sa rencontre, impuissant à opposer la moindre résistance, son désir aussi terrifiant que le sien. Mobilisant toutes ses forces, elle croisa les jambes autour de sa taille et renversa leurs positions, de sorte que c'était elle, à présent, qui le dominait. Puis elle dénoua son caraco qui glissa le long de ses épaules, dénudant ses seins juste sous ses yeux.

— À ce petit jeu, n'espère pas l'emporter, l'avertit Lazarus d'une voix doucereuse.

Elle songea à sa force, au délice d'une défaite entre ses mains.

— Je crois que nous y gagnerons tous les deux, rétorqua-t-elle.

Dans la seconde, elle se retrouva de nouveau dos contre le matelas, sa petite culotte arrachée.

— Ne joue pas avec moi, gronda-t-il.

— Ce n'est pas un jeu, le détrompa-t-elle. Je ne suis pas une proie à capturer durant votre petite partie de chasse bien huilée. Vous attendez que je vous supplie, seulement pour me priver de ce que je désire ? Non, il n'y a pas de place pour cela entre nous. Soit nous perdons la tête tous les deux, soit nous en restons là.

En réponse, il cloua ses mains au matelas et entrelaça ses doigts aux siens.

— Seras-tu à la hauteur de ma folie ?

— Oui. Ne sommes-nous pas le produit de notre environnement ? J'ai fait mes armes dans votre monde, Lazarus, façonnée par vos propres mains. N'était-ce pas toujours votre intention ? M'entraîner pour votre lit ?

Un éclair traversa ses prunelles sombres, et elle sut qu'elle avait gagné. Une fois de plus. Sans un mot, il pencha la tête et la bâillonna d'un baiser punitif. Un châtiment qu'elle recevait avec plaisir en sentant son cœur cogner furieusement contre le sien.

De nouveau, elle sut exactement quoi faire. Elle détacha ses lèvres des siennes et parsema son torse de baisers, tout en se dégageant d'entre ses bras. Lorsqu'il fit mine de la rattraper, elle en profita pour fondre sur lui et faire courir sa langue le long de ses tablettes de chocolat, toujours plus bas.

Pourquoi serait-il le seul à la faire jouir de cette façon ?

Elle embrassa son membre gorgé de sève, referma les lèvres autour de l'extrémité humide et l'aspira loin dans sa bouche. Il poussa un juron et lui agrippa violemment les cheveux, mais elle ne s'arrêta pas. Et il la laissa faire, tout comme elle l'avait laissé faire quand il l'avait dévorée ainsi dans leur penthouse parisien. Parce que ce désir était plus fort que tout. Le besoin de l'assouvir l'emportait sur la raison.

« Une décision prise avec le corps. »

Elle continua jusqu'à le sentir trembler. Ses doigts serraient ses cheveux à lui faire mal. Puis, sans crier gare, il s'arracha aux affres du plaisir, la hissa contre lui et s'empara de sa bouche. Sa main entre ses cuisses ne tarda pas à la pousser au bord de l'abîme, avant de l'en ramener in extremis.

— S'il vous plaît, gémit-elle. Lazarus, s'il vous plaît.

— Supplie-moi, susurra-t-il.

— Lazarus…

— Encore.

— S'il vous plaît, répéta-t-elle.

— S'il vous plaît qui ?

— Votre Altesse !

Dans l'instant, ses caresses répondirent à sa supplique, lui offrant exactement ce dont elle se languissait. Le plaisir la fractura en une infinité de fragments comme autant d'étoiles au firmament. Lorsqu'elle revint à elle, il était là, étendu sur elle, son érection nichée à l'orée de sa féminité.

— Cela risque de faire un peu mal, l'avertit-il.

D'un seul coup de reins, il la pénétra et musela son cri d'un profond baiser. La douleur la submergea. Mais la douleur n'existait que si on le lui permettait, avait-elle appris lors de ses entraînements. Alors elle l'ignora. Elle fit comme si elle ne comptait pas. La douleur était immatérielle. L'important était que Lazarus soit en elle. Ne fasse plus qu'un avec elle. Jamais elle ne s'était sentie aussi intimement liée à quelqu'un.

Lazarus. Lui et lui seul.

Il se mit à bouger, et avec chaque nouveau va-et-vient la douleur se changeait en plaisir. Un plaisir intense résonnant jusqu'aux tréfonds de son âme. Elle gémissait et sanglotait, l'implorait de lui donner plus. De lui apporter la délivrance ultime. Et il l'y emmena, juste à la frontière, là où lui seul était capable de l'emporter. Lorsque l'orgasme eut raison d'elle, ce fut une déflagration. Il n'y avait rien d'insidieux derrière le plaisir. Aucune arrière-pensée. Juste un feu d'artifice de sensations, une plénitude qu'elle n'aurait jamais crue possible en ce monde. Puis il se délita avec elle, et ce fut comme mourir pour mieux renaître de ses cendres.

Perdre la tête. Ne plus penser.

Ce n'était pas un jeu ou une façon de parvenir à ses fins. Ni pour lui ni pour elle. Ils étaient pareils. Vainqueurs et vaincus tous les deux, car cela les dépassait. Et Agnès, qui n'avait pas versé une larme à la mort de son père au fond d'une ruelle parisienne, se mit à pleurer sans retenue.

10.

Lazarus contemplait la femme tremblante entre ses bras. Son Agnès. À quand remontait la dernière fois qu'il avait perdu tout contrôle ? Jamais. Cela ne lui était jamais arrivé. Elle avait fait sienne son opération séduction, au point de lui faire oublier son objectif. C'était elle qui l'avait séduit, et il avait succombé. En quelques secondes. De son plein gré.

Ne l'avait-il pas toujours entraînée pour cela ?

Elle pleurait, à présent. Cette femme qui l'avait conquis avec tant d'assurance sanglotait telle une enfant dans ses bras. Il ne savait comment réagir. Il était à l'aise au combat, dans la confrontation. Mais cela… Ce genre d'épanchement le paralysait. Il y avait pourtant bien eu une époque où on le bordait dans son lit et où on lui lisait des histoires. Où la douceur existait dans sa vie. Mais c'était il y a si longtemps… Il avait oublié. Pourtant, il la serra contre lui, parce qu'il avait l'intuition confuse que c'était ce qu'il fallait faire. Un gouffre semblait les séparer, qu'il ignorait comment franchir. En était-il seulement capable ?

— Pourquoi pleures-tu ? s'enquit-il avec hésitation.

Elle pressa une joue humide contre son torse.

— Je ne sais pas.

— Je t'ai fait mal ?

— Non. Ce n'est pas cela…

— Je ne comprends pas.

— Moi non plus.

Elle leva vers lui ses grands yeux noyés de larmes.

— Ce n'est pas grave de ne pas tout comprendre, Lazarus.

Cela l'était pour lui. Il détestait l'inconnu. Il s'appuyait sur le tangible, sur ce qu'il pouvait voir et toucher. Tout devait toujours avoir un sens. Mais Agnès mettait à mal toutes ses certitudes. Il essayait désespérément de comprendre ce qu'elle ressentait, et pourquoi il éprouvait ce besoin instinctif de la protéger.

— Cela t'ennuie, n'est-ce pas ? Ce n'était pas ce que tu avais prévu...

En effet. Il avait cherché à la contrôler à travers son désir, mais elle avait retourné sa stratégie contre lui. Il l'avait sous-estimée. Elle, et son propre désir pour elle. Peut-être parce qu'elle, de son côté, le désirait depuis longtemps. Elle savait à quoi s'en tenir, raison pour laquelle elle n'avait eu aucun mal à prendre le dessus. Pour lui, c'était encore trop neuf. Il avançait à l'aveugle sur ce terrain.

— Alors, comme cela, tu avais envie de moi depuis des années ?

Elle acquiesça.

— Tu es le seul homme vraiment respectable que je connaisse, dit-elle. Je pensais ne pas avoir besoin des hommes avant de te rencontrer. Puis tu es apparu, si sûr de toi... Tu as risqué ta vie pour sauver la mienne. Alors oui, j'ai voulu te suivre. Je voulais que tu sois fier de moi, que tu t'appuies sur moi. Puis, quand j'ai vu ces femmes te toucher, je les ai enviées. Moi aussi, j'aurais aimé pouvoir te toucher de la même façon. Mais jamais je ne ferais quoi que ce soit qui t'incite à m'éloigner de toi, ou me rende moins importante à tes yeux. Alors je suis devenue Agnès, ton garde du corps dévoué, toujours à tes côtés. La seule sur qui tu puisses compter en toutes circonstances. Même si je devais être chassée, mon désir serait toujours pour toi.

— Agnès, articula-t-il, submergé par cette déclaration dont il ne se sentait pas digne. Il n'existe personne d'autre sur terre comme toi.

— Ni comme toi, murmura-t-elle en se blottissant contre lui.

Ces mots lui firent un étrange effet. Comme s'ils venaient de combler un vide en lui dont il ignorait l'existence. Il voulait la garder auprès de lui, mais plus par obligation. Sentir sa peau contre la sienne, sans qu'elle se sente écrasée. Remplacer le rapport de force par la douceur. Il voulait juste la tenir serrée contre lui. Alors c'est ce qu'il fit. L'avenir s'annonçait mouvementé. Mais pour l'instant, Agnès avait cessé de pleurer. Elle semblait apaisée, lovée entre ses bras. Le reste suivrait de lui-même.

Le lendemain matin, Agnès fut invitée à prendre le thé avec Tinley. La situation était inconfortable. Elle venait de passer sa toute première nuit avec Lazarus, tandis qu'ils continuaient à mentir à Alexius et à sa fiancée. La nervosité lui nouait l'estomac lorsqu'elle entra dans le salon personnel de la future reine, une pièce agréable, meublée avec goût.

— Bonjour, la salua-t-elle timidement.

Tinley lui adressa un grand sourire.

— Agnès ! Vous… avez bonne mine.

Mais sa façon de le dire suggérait exactement l'inverse.

— Quelque chose ne va pas chez moi ? s'enquit Agnès, décontenancée.

— Pas du tout ! assura Tinley. Pourquoi pensez-vous cela ?

— Vous semblez… perplexe.

— Oh ! c'est juste que vous êtes assez pâle, ce matin.

Génial. Tout ce qui s'était passé avec Lazarus se lisait littéralement sur son visage !

— Je vais bien, répondit-elle. C'est un plaisir de prendre le thé avec vous. Ces gâteaux ont l'air délicieux.

— Aucune chance que vous soyez enceinte, n'est-ce pas ?

Agnès eut un temps d'arrêt. Seigneur, elle et Lazarus n'avaient pris aucune précaution. Ils n'en avaient même pas parlé ! À aucun moment cela ne leur avait traversé l'esprit. Mais techniquement, elle ne pouvait être déjà enceinte.

— Non, aucun risque, bredouilla-t-elle.

— Tout va bien entre vous et Lazarus ?

— Oui, bien sûr. Lazarus est quelqu'un de bien sous ses airs inapprochables.

— Et vous l'aimez. Je vous en prie, asseyez-vous. Je vais servir le thé.

Agnès n'avait jamais pris part à ce genre de discussion à cœur ouvert entre femmes que Tinley semblait vouloir instaurer. Elle avait toujours dû dissimuler une part d'elle, ce qu'elle faisait encore maintenant.

— Lazarus m'a sauvé la vie, raconta Agnès. Littéralement. Je vivais dans la rue à Paris, et il… Disons qu'il m'a épargné un sort peu enviable. Je l'aime depuis mes seize ans.

— Parfois, ce qu'on croit être de l'amour n'en est pas, murmura Tinley. Je ne dis pas cela pour vous décourager. C'est juste que j'ai une certaine expérience en la matière. Je croyais aimer Dionysus. Ce n'est que bien plus tard que j'ai compris ce que je ressentais vraiment pour Alexius. Mes sentiments pour son frère n'étaient pas de l'amour, juste un béguin de petite fille.

— Je n'ai pas le béguin pour Lazarus, répondit Agnès en riant.

Comme si ce mot pouvait s'appliquer à eux. À leurs combats et leurs passes d'armes. À sa façon de lui parler, de la toucher. Un béguin ? Si seulement c'était aussi simple…

— Je l'aime, déclara Agnès. Mais c'est assez… intense.

Tinley rit, d'un rire cristallin qui sonnait comme une musique à l'oreille.

— Oh ! si la nuit a été courte, il fallait le dire.

— Oui, assez courte. Merci pour les bains et le dîner romantique. On peut dire que… qu'ils ont fait leur effet.

Se confier sur ce sujet la mettait mal à l'aise, même si elle ne faisait que jouer un rôle. Mais était-ce encore le cas ? Lazarus voulait faire d'elle sa femme pour de bon. Alors qu'est-ce que cela impliquait pour la suite ?

— Alexius et Lazarus sont partis en balade à cheval, dit Tinley. L'occasion de renouer les liens fraternels. Vous n'imaginez pas ce que cela représente pour Alexius. La perte de Lazarus a été un poids très lourd à porter pour lui, toutes ces années.

Agnès eut mauvaise conscience.

— La perte de ses deux frères, devrais-je dire. Elle a jeté une ombre sur sa vie. Cela n'a pas été facile de l'amener là où il est aujourd'hui. Mais c'est vraiment quelqu'un d'admirable.

— Lazarus non plus n'a pas eu une vie facile. S'il est aussi dur, c'est parce qu'il a dû apprendre très jeune à survivre dans la Forêt après avoir perdu sa famille, expliqua Agnès. Car pour lui, il l'a bel et bien perdue, dès l'instant où il s'est enfoncé dans les bois. Il… il ne connaît pas la douceur.

Agnès non plus. Pas vraiment.

— Et vous ? l'interrogea Tinley. Il vous a sauvée et emmenée dans la Forêt. Comment avez-vous vécu cela ?

— C'est la meilleure chose qui me soit arrivée.

C'était la vérité. Elle était heureuse auprès de Lazarus. Alors pourquoi ne pourraient-ils pas être ensemble ? Vraiment ensemble, comme un couple ? Il l'avait demandée en mariage. Pas par amour, non. Mais elle l'aimait, elle. C'était cela qui la liait à lui, pas un quelconque serment d'allégeance. Au fond, n'était-ce pas suffisant ?

Une chose était sûre : plus tôt ils en auraient fini avec cette mission, mieux ce serait. Elle détestait mentir à Tinley et désapprouvait la duplicité de Lazarus à l'égard de leurs hôtes. Elle l'aimait. Il valait mieux que cette basse vengeance, elle le savait. Restait à l'en convaincre, lui.

11.

— Une belle journée pour chevaucher, n'est-ce pas ? lança Alexius comme ils atteignaient le sommet de la montagne qui offrait une vue imprenable sur le palais, la Forêt et tout le reste.

— En effet, convint Lazarus.

— Que vois-tu quand tu contemples tout cela ?

Lazarus haussa un sourcil perplexe.

— Pardon ?

— Le royaume. Que vois-tu quand tu le regardes ? Ta patrie ? Ou est-ce la Forêt, chez toi ?

— C'est une question complexe, dit Lazarus.

— Oui, je m'en doute. J'aimerais comprendre, Lazarus. Dis-moi ce que tu attends réellement de moi.

— Qu'est-ce qui te fait croire que j'attends quoi que ce soit ?

— Tu es un homme d'action, dit Alexius. Tu n'es sûrement pas venu pour rester les bras croisés et profiter passivement de mon hospitalité. Ta fiancée est charmante. Je suis ravi d'apprendre que le dîner préparé à votre intention vous a plu. Mais il y a autre chose, n'est-ce pas ?

Le moment était venu. De parler. D'exposer ses intentions. Lazarus était un homme d'honneur. C'était une chose de préparer le terrain en jouant aux tourtereaux. Mais il ne mentirait pas sur son objectif. Pas directement. Il donnerait à son frère une chance de l'affronter en face.

— Que connais-tu de l'histoire de Liri ? questionna-t-il en guise de préambule.

— Plus qu'un écolier lambda, c'est certain, répondit Alexius. Notre père a veillé à ce que je sache tout.

— Et pourtant, tu ignorais qu'il existait un royaume dans la Forêt.

— C'est vrai, admit-il d'une voix moins assurée.

— Ne t'es-tu jamais demandé pourquoi ? Pourquoi il tenait tant à préserver le secret ? Pourquoi personne à Liri ne connaît l'existence de notre peuple ?

— Je l'ignore.

— Ce pays leur a été volé. Tu sais qu'il a été largement colonisé par les Grecs, les Italiens et d'autres nations de cette région d'Europe.

— Oui, les terres d'ici offraient de formidables opportunités.

— En effet. Des terres sauvages qui ont été domptées pour le profit. Et leurs premiers habitants, que crois-tu qu'ils soient devenus ?

— J'avoue ne pas le savoir.

— Ils se sont réfugiés dans les bois, Alexius. Et ils ont attendu… que justice leur soit rendue. C'est à moi aujourd'hui qu'échoit cette tâche.

— Qu'est-ce que la justice pour toi ?

— Ces gens ont été chassés de leurs maisons, de leur pays. Ils n'ont aucune voix au chapitre. Notre arrière-grand-père se sentait menacé par leur gouvernement, alors il l'a dissous.

— Raconte-moi tout, Lazarus. Je ne resterai pas sans rien faire devant de telles exactions. S'il y a une chose dont je suis sûr, c'est que notre famille est maudite. Deux frères qui entrent dans les bois et n'en ressortent pas ? Il y a une raison à cela. C'est notre châtiment, j'en suis convaincu. Un fléau lié à notre passé. Moi aussi, je veux réparer nos torts.

— Vraiment ?

Lazarus s'était lancé dans cette mission en faisant d'Alexius le méchant de l'histoire. Soudain, il ne s'expliquait plus pourquoi. Peut-être parce qu'il refusait de croire que le moindre membre de sa famille puisse être quelqu'un de bien. Il s'était persuadé que la seule voie honorable était cette vie spartiate qu'on lui avait imposée dans la Forêt. Qu'il ne pouvait rien exister de bon, ni de juste, au-delà des bois. Il avait voulu croire…

Il avait voulu croire que l'unique réponse était de détruire sa famille.

Pourquoi ?

C'était la première fois qu'il avait la chance d'interroger quelqu'un qui avait été là. Qui savait. Quelqu'un qui ne soit pas de la Forêt. Bien que très jeune, Alexius était présent le jour où Lazarus avait disparu. Il avait été témoin de la scène. Pourtant, la question restait bloquée dans sa gorge. Une part de lui préférait s'en tenir à la légende. Les légendes n'existaient-elles pas pour une bonne raison ?

Non, il n'était pas un lâche. Agnès – son Agnès, honnête et courageuse – ne tournerait jamais le dos à la vérité. Il avait honte d'avoir été tenté par la solution de facilité.

— Que s'est-il passé ? articula-t-il, la gorge nouée. Le jour de ma disparition ?

Le visage d'Alexius s'assombrit.

— Notre mère a changé, après cela. Elle me rendait responsable de ta mort, et de celle de Dionysus. Notre père aussi. Ils n'ont plus jamais été les mêmes.

— Et toi ?

Son frère baissa les yeux. L'émotion émanant de lui par vagues prit Lazarus de court. Il ne s'attendait pas à voir Alexius aussi affecté par un événement survenu des décennies auparavant.

— J'étais censé te protéger, murmura-t-il. Mais nous n'étions que des enfants. Quand tu as disparu, je m'en suis terriblement voulu, alors même que je n'aurais rien pu empêcher. J'étais si jeune… Pourtant, perdre deux frères de cette façon… Ce devait forcément être ma faute, non ? Ta mort supposée m'a anéanti.

Il releva la tête.

— À bien des égards, moi aussi, j'ai perdu ma famille ce jour-là. Je suis soulagé de savoir qu'on a pris soin de toi. Mais tu m'as manqué, Lazarus. Désolé, ce n'est pas facile pour moi de parler de ces choses-là. Je n'ai pas été élevé ainsi. Entre moi, nos parents et notre frère, c'est une histoire compliquée. Tinley…

Il hésita.

— Tinley était initialement fiancée à Dionysus. J'avais prévu de la séduire, le soir où il a été tué. Pendant des années, j'ai mis en doute la pureté de mes intentions à cause de cela. À cause de ta disparition aussi. Mais Tinley m'a changé. Elle m'a fait comprendre certaines choses sur moi-même et m'a apporté une paix que je ne croyais pas mériter. Elle a fait de moi un meilleur roi et un meilleur homme. Je veux être pour toi le frère que je n'ai pas été, Lazarus. Je veux restaurer ce peuple qui t'a pris sous son aile. Nous gouvernerons ensemble, côte à côte.

Cette déclaration faillit le faire tomber de son cheval. Une restauration ? Il n'était pas venu pour cela. Il n'imaginait même pas que ce soit possible. C'était la destruction qu'il était venu chercher. Dans son esprit, la seule option était conquérir ou être conquis. Peut-être était-ce l'héritage de son arrière-grand-père, un homme incapable de croire en une coexistence pacifique des peuples. De nouveau, il eut honte de lui-même.

Son frère n'était ni ignorant ni insensible. Et Lazarus ne lui était pas supérieur. Il voyait seulement les choses sous un autre angle. Il connaissait les sombres secrets de l'histoire de leur famille. Alexius en connaissait l'humanité.

Ensemble, ils formaient un tout très différent de la vision incomplète que chacun avait eue jusque-là.

— Tu serais prêt à régner à mes côtés ?

— C'est le seul moyen d'aller de l'avant, affirma Alexius. Nous devons nous unir, Lazarus. Nous retrouver. Après ta disparition, une chape de plomb s'est abattue sur nous tous. Je n'ai rien pu faire pour sauver Dionysus, ni consoler nos parents. Je ne peux pas revenir en arrière et changer ce que nos ancêtres ont fait au peuple de la Forêt. Mais ensemble, nous pouvons changer l'avenir. Agir différemment. C'est ce que notre honneur nous commande.

— Tu ne souhaites pas que le sang coule ? s'enquit Lazarus.

Alexius fronça les sourcils.

— Non. Étais-tu prêt à cela ?

Il hocha la tête.

— J'étais prêt à tout.

— Et que dis-tu de ma proposition ? Que dis-tu d'une trêve ?

— L'idée me séduit plus que je ne l'aurais cru.

Il se remémora la fois où il avait failli enlever Tinley, pour se venger et faire souffrir son frère. Une déclaration de guerre, rien de moins. S'il avait changé d'avis, c'était pour ne pas compromettre son véritable objectif. Se donner plus de temps pour affiner sa stratégie. C'était ce qu'il s'était dit. En réalité, l'amour que son frère portait à Tinley avait remué quelque chose en lui. Quelque chose qu'il ne comprenait pas.

— Viens, dit Alexius. Nous avons à parler logistique. Faisons la course jusqu'au palais.

Ils s'élancèrent sur leurs montures, filant comme le vent, chacun cherchant à l'emporter sur l'autre. Lazarus se sentait… heureux. Libre. Il avait l'impression de retrouver un peu de cette enfance perdue à jamais quand il avait quatre ans.

À leur arrivée au palais, Tinley sortit à leur rencontre. Elle sauta au cou d'Alexius, rayonnante, et ils échangèrent un tendre baiser. Il existait quelque chose entre eux… Quelque chose qui dépassait son entendement. Ils s'aimaient, il le savait, mais sans comprendre comment. Devant leur amour si naturel, il se sentait mystifié, en colère contre ses propres limites. Exactement comme quand il avait observé son frère depuis les bois quand Tinley avait disparu. La même confusion l'avait envahi quand Alexius lui avait proposé une trêve. Tout cela lui était totalement étranger. Compassion, pardon, douceur… Il avait appris à sceller en lui ses peurs et ses blessures. C'était ainsi qu'Agamemnon lui avait appris à survivre. Mais il avait tant perdu en chemin. Égaré tant de fragments de lui-même.

Et puis, il y avait Agnès. Agnès qui avait pleuré après l'amour. Qu'il avait serrée dans ses bras sans savoir comment la réconforter. Peut-être en était-il tout simplement incapable. Il était fait de pierre et les pierres n'avaient pas de cœur. Il se sentait de nouveau comme ce petit garçon dans les bois, coupé du monde où brillait le soleil. Coupé de cette vérité que partageaient Alexius, Tinley et Agnès. Il n'était pas comme son frère. Il ignorait comment le devenir.

Quant à être un chef… Douceur, compassion, Alexius comprenait ces choses-là. Alexius comprenait beaucoup de choses mieux que lui. Lazarus devait maintenant rejoindre son peuple et lui annoncer qu'il n'y aurait pas de grand coup d'État, en fin de compte. Mais justice serait faite, et de façon bien plus constructive. Peut-être était-ce un début pour lui. Un premier pas vers ce mystère qui lui échappait.

Tinley adressa un sourire resplendissant à Alex.

— Vous vous êtes bien amusés ?

— Oui, dit Alexius.

À sa grande surprise, Lazarus s'aperçut que c'était vrai pour lui aussi.

— Où est Agnès ? demanda-t-il.

— Aux bains. Nous avons passé un moment agréable entre filles. Mais elle était fatiguée.

Les yeux de Tinley brillaient d'une lueur amusée, sans qu'il en comprenne la raison.

— Je dois rentrer ce soir dans la Forêt, annonça-t-il. Agnès vient avec moi.

— Es-tu sûr qu'elle soit en état de faire un tel voyage ?

Il sourit.

— Ne t'y trompe pas. Sous ses jolies robes, Agnès est une guerrière éprouvée.

Et la femme qu'il allait épouser. Ce n'était plus un mensonge. Peut-être plus rien ici ne l'était. Et s'il existait bel et bien une autre voie ?

— Nous serons sans doute de retour demain. Une longue discussion nous attend, toi et moi, conclut-il à l'intention d'Alex.

Il trouva Agnès dans leur chambre, vêtue d'une de leurs récentes acquisitions.

— Enfile ta tenue de marche, lui intima-t-il.

— Pourquoi ?

— Nous rentrons chez nous ce soir.

— Lazarus…

— Je t'expliquerai en route.

Lazarus marchait en silence, d'humeur si sombre qu'elle en devenait palpable. L'obscurité sous les arbres prit un tour oppressant. Agnès devina qu'ils n'atteindraient pas le village avant le lendemain.

— Campons-nous dehors cette nuit ?

Elle ne craignait pas les loups, ni une quelconque autre menace. Lazarus était le seul réel danger de cette Forêt.

— Oui. Installons-nous ici.

Il posa leurs sacs et entreprit d'allumer un feu. De longues flammes ne tardèrent pas à s'élever entre ses mains habiles. Il avait une grande expérience en matière de survie. Il était le genre d'homme capable de la protéger. D'assurer sa sécurité et celle de toute une nation.

— Sais-tu pourquoi nous rentrons ? l'interrogea-t-il.

— Non, puisque tu ne m'as rien dit.

— Tu n'as rien demandé, remarqua-t-il en la scrutant d'un regard pénétrant.

— Très bien. Alors pourquoi ?

— Il n'y aura pas de révolution, Agnès. J'ai parlé avec Alex. Il déplore l'histoire de notre pays et veut offrir réparation. Il m'a proposé de représenter les intérêts du peuple de la Forêt en régnant à ses côtés. Nous peaufinerons les détails plus tard, mais le projet à terme serait de réussir à cohabiter en paix. Et il veut que nous reformions une famille.

— Est-ce ce que tu veux aussi ?

Lazarus n'avait pas de mots pour exprimer ce qu'il voulait. Tout s'embrouillait en lui. Il ignorait si ce nouveau développement était une bonne chose ou non. Rien ne s'était passé comme prévu. Jusque-là, il avait toujours su qui il était. Plus exactement, *ce* qu'il était : un instrument de vengeance et rien d'autre. En fin de compte, la vengeance n'aurait pas lieu. Peut-être était-ce mieux ainsi. Mais qu'est-ce que cela impliquait pour son peuple ? Pour leur mode de vie ? Accepteraient-ils un tel compromis ?

— J'ai commencé à transiger à la seconde où j'ai vu Tinley dans la clairière, continua-t-il. J'allais la kidnapper et faire d'elle mon butin de guerre. Puis j'ai vu comment Alex s'est précipité pour la sauver au mépris du danger. Comment il a su lui faire une place en lui. Je ne comprends pas. Je doute d'y parvenir un jour. J'étais censé être un vengeur et maintenant… Cette voie du compromis, elle est douloureuse, Agnès. En la suivant, j'ai l'impression de m'amputer d'un morceau de moi-même.

— Lazarus…

— Tu avais une famille avant. Même si tu ne t'en souviens plus.

— Toi aussi.

— Peux-tu me montrer, Agnès ? J'ai besoin de comprendre… pourquoi elle le regarde ainsi quand il rentre au palais. Pourquoi il a changé. C'est ce qu'il m'a dit, que Tinley l'avait changé. Qu'elle l'avait aidé à se voir autrement. Je ne comprends pas. J'ai besoin de toi, Agnès.

Agnès n'avait pas les mots. Il semblait si perdu… Elle ignorait quelles réponses apporter à ses questions.

— Je ne sais pas, Lazarus. Personne ne s'est jamais vraiment soucié de moi. À part toi, par honneur et obligation. Je ne suis pas plus avancée que toi.

— Entre nous, c'est électrique, persista-t-il. Entre eux aussi, cela se voit. C'est au cœur même de ce qu'ils partagent. De leur connexion unique. Ne pouvons-nous trouver cela, nous aussi ?

— Je ne sais pas, murmura-t-elle.

— Apprends-moi. Apprends-moi à être comme lui. Fais de moi un homme que tu regarderas de la même façon.

— Je ne comprends pas ce que tu veux dire…

— Elle le regarde comme s'il était son soleil. Moi, je ne suis qu'une montagne. Un vulgaire tas de pierres.

— La montagne m'a offert un refuge, dit Agnès en lui caressant le visage.

— Mais elle ne sait pas comment te réconforter. Je suis censé être un souverain pour mon peuple, et je ne suis capable que de serments de sang et de promesses de guerre. Je dois rentrer et leur annoncer que tout a changé. Moi aussi, je dois changer.

— Lazarus.

Sa bouche s'écrasa sur la sienne. Il l'embrassait sauvagement, parce que c'était toujours ainsi entre eux. Mais il y avait aussi quelque chose de désespéré dans ce baiser, différent de la nuit précédente. Ce n'était plus son self-control cédant à une implacable escalade du désir. Non, c'était une explosion. Il était en colère et en quête de réponses. Il prit possession de sa bouche comme si là se trouvait la solution. Comme si, en l'embrassant de toutes ses forces, il trouverait ce qu'il cherchait.

— Je veux…

Mais il n'acheva pas sa phrase. Ses yeux étaient ceux d'une bête, emplis de feu et de ténèbres. Ils fouillaient les siens, sans qu'elle ait de réponses à lui donner.

— Je ne suis pas plus civilisée que toi, dit-elle dans un souffle.

— Par ma faute, gronda Lazarus. C'est moi qui t'ai façonnée, sur le même modèle que je l'ai été. Et ce modèle est une erreur. Je suis venu ici en trompant mon frère, avec la ferme intention de le tuer de mes mains si nécessaire. J'aurais enlevé sa fiancée. Je ne connais ni pitié ni compassion.

— C'est faux, dit Agnès. Tu m'as sauvée dans cette ruelle à Paris.

— En versant le sang.

— Parfois, c'est inévitable. Je ne sais pas, Lazarus… Il arrive que deux personnes se trouvent comme dans les contes de fées. Pour d'autres, c'est dans le combat et l'offrande de leur vie. Ce n'est pas forcément une mauvaise chose. C'est comme cela, c'est tout.

— Montre-moi.

Il reprit sa bouche. Ses baisers étaient brutaux et meurtrissants. Agnès les lui rendait au centuple, puisant en elle ce qu'il cherchait si désespérément pour le lui donner. Elle ne lui refuserait rien dont il ait besoin. Rien en elle qui puisse lui être profitable. Parce qu'elle l'aimait. Mais que ferait-il de ces mots si elle les lui disait ? Il voyait l'amour entre Alex et Tinley, et cela le dépassait. Que signifieraient ces trois mots pour lui s'il ne comprenait pas le sentiment qui se nichait derrière ?

— C'est injuste, ce qui t'est arrivé, murmura-t-elle contre ses lèvres. On t'a volé ton enfance et transformé en arme.

Dans un grognement, il la poussa au sol, son corps viril plaqué sur le sien.

— Assez parlé. Montre-moi, Agnès. Montre-moi avec ton corps. Montre-moi comment ressentir.

Cela, c'était dans ses cordes. Elle comprenait, car elle, de son côté, n'avait jamais su se couper de ses émotions. Même quand elle aurait préféré. Si elle était auprès de lui, depuis le début, ce n'était pas par simple loyauté. Elle était auprès de lui par amour.

— Oui, Votre Altesse.

De son plein gré, elle se déshabilla. Nue contre la terre sous elle. Nue contre lui. Il en fit autant, avant de s'allonger au sol et de la hisser sur lui. Puis, dans un baiser possessif, il lui souleva les fesses et l'empala sur lui d'un coup. Il se mit à guider ses mouvements de haut en bas, tout en caressant du pouce le centre de son plaisir. C'était une étreinte animale, désespérée. Et elle le laissait faire. Elle le laissait trouver le rythme qui saurait apaiser ses démons intérieurs. Ce qu'il ignorait, c'était qu'elle n'avait rien besoin de faire. Elle l'aimait, et cela suffisait.

Au fond, il avait raison. Ils avaient tous les deux été corrompus par leur éducation. Façonnés en deux êtres capables de survivre, et c'est tout. On ne leur avait jamais montré ce que c'était d'aimer et d'être aimé. Pourtant, elle savait qu'elle l'aimait, et qu'il n'y avait rien de plus profond ni de plus pur que ce qu'elle ressentait pour lui. Car si ce n'était pas de l'amour, comment pourrait-elle le vouloir en elle, de toutes les façons possibles ? Comment pourrait-elle décider de lui dédier sa vie entière, peut-être au risque de ne jamais revoir le monde extérieur ?

Ce monde, elle le connaissait. Lazarus était le premier homme vraiment respectable qu'elle ait rencontré. Elle avait eu beau désapprouver ses méthodes, jamais elle n'avait mis en doute ses motivations. Ce n'était pas quelqu'un d'égoïste. Si une chance de faire un choix plus juste se présentait à lui, il la saisissait. Même si cela lui en coûtait d'un point de vue personnel. Elle n'aurait su dire pourquoi, mais elle sentait que ses raisons n'étaient pas uniquement politiques. Lazarus n'avait jamais convoité le pouvoir. C'était un chef né, mais un chef régi par le sens de l'honneur et de la justice. Tout ce qu'il voulait, c'était réparer les torts faits à son peuple. Pourtant, elle devinait qu'il y avait autre chose. Une blessure mal refermée, que n'expliquait pas seule son éducation spartiate.

Il craint que personne ne l'ait jamais aimé.

Il ignore ce qu'est l'amour, car il croit n'en avoir jamais reçu.

Alors Agnès rassembla son courage et murmura contre ses lèvres :

— Je t'aime.

Pour toute réponse, il la fit rouler dos au sol, son corps pesant à présent de tout son poids sur le sien. Ses va-et-vient devenaient de plus en plus urgents et effrénés. Agnès l'accompagnait avec la même ardeur, tout entière à cette bataille qu'ils se livraient. Une bataille pour le plaisir. Non, plus que cela. Pour une connexion. Peut-être était-ce toujours ce qui avait motivé leurs corps à corps, au combat comme au lit. Un besoin profond d'être le plus proche possible de l'autre. D'être avec quelqu'un qui comprenne. Car qui d'autre la comprenait mieux que lui ? Et qui le comprenait mieux qu'elle ? Ils avaient été arrachés à la vie qu'ils connaissaient et emmenés dans la Forêt. Ils avaient souffert d'un manque d'amour et perdu leurs familles respectives. À des époques différentes, peut-être, mais ils comprenaient comme personne ce que l'autre ressentait. C'était cela qui les liait, plus que tout le reste. Même si Lazarus n'en avait pas conscience.

— Je t'aime, répéta-t-elle.

L'orgasme figea ces mots sur ses lèvres comme un tsunami de plaisir déferlait en elle. Quelques secondes après, Lazarus trouvait sa propre délivrance. Il l'embrassa en répandant sa semence au creux de sa chair. Puis, sans un mot, il sortit de leurs sacs une large peau de mouton qu'il étala sur leurs corps rassasiés.

Le lendemain, Agnès se réveilla sous un ciel gris. Lazarus était déjà debout et toutes leurs affaires empaquetées, sauf ses vêtements pliés à côté de la couverture.

— En route, dit-il laconiquement.

Il n'évoqua pas une fois ce qui s'était passé sur le trajet. Rentrer au village, constitué de maisons troglodytes creusées à flanc de colline, mettait toujours du baume au cœur à Agnès. Mais pas cette fois. Lazarus semblait ployer sous un terrible fardeau invisible. Elle doutait qu'il puisse jamais être heureux tant que ce poids serait là. Un poids qui pesait sur elle aussi, comme si le cœur de Lazarus avait été greffé en elle et qu'elle ressentait la moindre de ses émotions.

— Tout ira bien, dit-elle.

— Tu n'en sais rien.

Elle secoua la tête.

— Non, c'est vrai. Mais c'était ce que tu avais besoin d'entendre.

Telle serait sa leçon du jour pour lui. Parfois, réconforter la personne à qui l'on tenait importait plus qu'exprimer une vérité qu'elle connaissait déjà.

— Je suis sûre que notre peuple est prêt à entendre ce que tu as à dire.

Les habitants sortaient un à un de leurs maisons pour

se diriger vers le grand feu au centre du village, où s'organisait à cette heure le petit déjeuner à l'intention de ceux souhaitant le prendre là. La plupart des gens mangeaient dans l'intimité de leurs foyers. Mais il y avait toujours un repas préparé au feu central pour les personnes seules, sans aucune famille. Chacun, cependant, savait que le roi était de retour. C'est pourquoi tous se réunirent et prirent place afin de l'écouter.

— J'ai rencontré mon frère, le roi Alexius de Liri, commença Lazarus. Nous avons convenu d'une trêve.

Un murmure agita l'assemblée.

— La violence n'engendre que la violence, poursuivit-il. Je refuse de sacrifier plus d'entre nous, tout comme mon frère refuse de sacrifier ses sujets. Nous allons travailler à un moyen de régner ensemble, afin que notre peuple conserve son indépendance. Ce système ouvrira de nombreuses opportunités à tous, tout en garantissant la préservation de notre mode de vie. C'est une question de choix. Chacun ici devrait l'avoir.

À la grande surprise de Lazarus et d'Agnès, aucune éruption de colère n'accueillit ces paroles. Mais les questions étaient nombreuses, et ils passèrent la journée entière autour du feu à débattre de l'avenir. Même quand le soir commença à tomber, les gens restèrent pour continuer à parler.

— Je me suis rendu à Liri avec un seul objectif en tête, expliqua Lazarus. Je ne voyais qu'une partie de la réalité. C'est ma rencontre avec mon frère qui m'a donné une vision d'ensemble. Ces idées sont nouvelles, je le sais. Mais elles représentent notre meilleure chance d'aller de l'avant. Aussi sages que soient nos traditions, certaines nous entravent. Je ne veux plus que quiconque ici perde un mari ou une fille. Un frère ou une épouse. C'est vers la paix que nous devons tendre, sans plus avoir à nous cacher. Alexius a juré de faire tout ce qui est en son pouvoir pour cela.

— Votre discours est très différent de celui d'Agamemnon, observa une femme. Ce que vous proposez risque de changer beaucoup de choses.

— Je sais. Je crois cependant que c'est la seule voie possible. Elle ne réparera pas toutes les injustices. Mais certaines blessures ne sont-elles pas trop profondes pour être vengées ? Qu'y gagnerions-nous ? Rien. En définitive, nous perdrions tous quelque chose, tout cela pour régler des comptes qui n'ont plus rien à voir avec nous. Nous avons assez souffert comme cela.

— Et s'il ment ?

— Il ne ment pas. C'est une certitude. Et je vous donne ma parole que mon rôle sera toujours de représenter nos intérêts avant tout.

— Mais vous êtes l'un d'eux, pointa un homme.

— Non, réfuta Lazarus. Je suis et resterai toujours le roi de la Forêt des Ombres. C'est ici ma maison. Ici que j'ai été élevé. Ici qu'on m'a offert sécurité et protection.

— Un homme ne peut servir deux maîtres, cria une voix dans le fond.

— Je ne sers que vous. Faites-moi confiance comme vous l'avez toujours fait.

Pendant tout ce temps, Agnès se tenait à ses côtés, la main sur la garde de son épée. Car sa loyauté allait à lui et à lui seul. Si un conflit éclatait, c'était pour lui qu'elle se battrait. On procéda au vote, et la proposition fut acceptée. Il fut convenu d'au moins essayer. Et Lazarus promit de prendre plusieurs hommes avec lui afin de participer aux négociations. On parla encore longtemps. De technologies. D'éducation. De toutes les opportunités qui s'ouvriraient à eux et à leurs enfants s'ils le décidaient. On parla de choix.

Puis chacun rentra chez soi. Agnès accompagna Lazarus

dans son château, taillé à même la montagne à l'arrière de la Forêt et flanqué de tourelles rondes se fondant dans la roche. La gigantesque porte incrustée d'onyx et d'obsidienne s'ouvrit à l'approche de Lazarus. L'intégration de technologies modernes aux vieilles pierres datait d'avant l'arrivée d'Agnès. Elle y était habituée à présent, mais elle se rappelait son émerveillement la première fois qu'elle avait vu pareil mélange. Portes automatiques et senseurs à empreintes digitales ressemblaient à de la magie en ces lieux si largement épargnés par le passage du temps. Le château, sous son apparence médiévale, offrait un luxe et un confort matériel qui laissaient sans voix. Agnès s'y était toujours sentie chez elle. Aussi suivit-elle Lazarus dans sa chambre sans attendre d'y être invitée.

— Tout s'est bien passé, commenta-t-elle.

— En effet.

Une large baignoire en fonte noire occupait le fond de la pièce. L'eau provenait tout droit d'une source au cœur de la montagne et était rapidement chauffée par un système sophistiqué. Lazarus ouvrit le robinet et se déshabilla. Agnès fit de même sans qu'il ne lui ait rien demandé. Il arqua un sourcil :

— Veux-tu te joindre à moi ?

— C'est maintenant que tu me le proposes ?

— Tant que tu n'apportes pas de dague dans l'eau…

— Je ne m'arme qu'en cas de nécessité.

La baignoire pleine, il entra dans l'eau. Elle attendit qu'il soit assis pour s'installer entre ses jambes, dos contre son torse. Ils restèrent un moment ainsi en silence. L'eau formait un chaud cocon autour d'eux, et ses larges mains sur son corps l'apaisaient. Ils avaient vécu tant d'années côte à côte dans ce lieu. C'était la première fois qu'ils s'y retrouvaient vraiment ensemble. Fiancés.

— Qu'est-ce qui te trouble tant ? questionna-t-elle en le sentant ailleurs.

Il l'embrassa sur la tempe. Un délicieux frisson la parcourut.

— Toi. J'ai très envie de te faire l'amour.

— Moi aussi. Mais ce n'est pas ce que je voulais dire.

— Je sais.

Il poussa un soupir.

— J'ai fait de ma famille un ennemi, Agnès, parce qu'elle m'était inaccessible. C'était moins douloureux que d'accepter sa perte. Mon père, ma mère, Dionysus... ils sont tous morts. Alexius est tout ce qu'il me reste. Mais c'était plus facile de croire qu'il n'y avait aucune réconciliation possible. Qu'ils étaient exactement tels que me les avait décrits Agamemnon. Parce que je ne pourrai jamais rattraper ces années perdues, ni devenir l'homme que j'aurais dû être. Ma mère... Elle me lisait des histoires, le soir, avant de dormir. Elle m'aimait, je le sais. J'étais heureux, alors. Alexius et moi jouions souvent ensemble. On s'amusait beaucoup. Hier, à cheval avec lui, j'ai redécouvert ce plaisir. Il y avait si longtemps que cela ne m'était plus arrivé ! Je n'ai jamais été un enfant, ici. Seul comptait le devoir. J'ai oublié ce que c'était d'appartenir à une famille. Mes souvenirs ont été pervertis, et maintenant je ne sais plus comment m'y prendre. Je suis seul au monde.

Agnès comprenait. C'était ce qu'il recherchait désespérément hier soir dans ses bras. Cette connexion. Ce sentiment de faire partie de quelque chose. De quelqu'un. Elle le comprenait mieux que quiconque, car elle ressentait la même chose. Elle vivait auprès de Lazarus depuis des années, mais elle avait toujours dû garder enfouies certaines parts d'elle. Avec son père, elle se sentait même complètement étrangère à elle-même, la plupart du temps.

— Te souviens-tu de ce que je t'ai dit à propos des choix de mon père ? Comment choisir la facilité comme lui ne pouvait pas être la solution ?

— Bien sûr. Personne n'avait jamais osé me remettre à ma place comme cela.

— Être qui tu es n'est pas facile, affirma-t-elle. Affronter toutes ces choses complexes demande courage et honnêteté, en te forçant à accepter des facettes de toi-même que tu aurais préféré effacer. Mais n'est-ce pas mieux ainsi ? Peut-être est-ce là que se trouve ce que tu cherches.

— Cela fait mal, murmura-t-il. Comme rouvrir une vieille blessure pour la nettoyer.

Une analogie qui en aurait rebuté d'autres, mais pas elle. Elle était une guerrière. Elle comprenait.

— Je sais.

Elle se faisait l'effet d'être son professeur, tout à coup. Comme il l'avait été pour elle. L'idée l'aurait fait rire si le moment n'avait été aussi sérieux. La même chape de plomb pesait sur eux que lorsqu'ils s'étaient enfoncés dans la Forêt. Cette chape qui ne quittait jamais Lazarus.

— Laisse-moi t'aider à porter ton fardeau, dit-elle. Je suis là. Toi et moi sommes si habitués à être seuls au monde que nous ne nous sommes pas rendu compte que nous ne l'étions plus. Plus depuis huit ans.

— M'aimes-tu vraiment ?

Une tension s'insinua dans sa voix, imperceptible sauf pour elle.

— Oui, je t'aime. De tout mon cœur.

— Mais c'est impossible.

— Pourquoi ?

— Parce que je suis…

La suite mourut sur ses lèvres.

— J'ai passé une bonne partie de ma vie repliée sur moi-même, Lazarus. C'est l'avantage de la solitude. Elle incite à l'introspection. Crois-moi, je sais ce que je ressens.

— De mon côté, j'ai l'impression de ne rien savoir.

— Tant mieux. Tu es toujours si sûr de toi… Un peu d'incertitude te fera le plus grand bien.

Ils sortirent de l'eau et échangèrent un long baiser, très tendre. Très différent de celui de la veille près du feu. Lorsqu'il l'étendit sur le lit, ses mains rêches errèrent avec volupté sur son corps nu. Ils étaient tous les deux trempés, mais elle s'en fichait, et visiblement lui aussi. La douceur de ses caresses n'avait rien à voir avec la fois où il avait tenté de la séduire. Il n'y avait aucune intrigue. Juste elle et lui, perdus l'un dans l'autre. Avides de ce que seul l'autre pouvait lui prodiguer.

Il embrassa chaque centimètre carré de sa peau, enfiévrant tout son être. Elle se sentait incroyablement bien dans son désir pour lui. Puis il ajusta sa position et la pénétra lentement. Cette étreinte n'avait pas la férocité de la nuit d'avant, ni la violence de leur première fois. Elle était dénuée de tout calcul. Ils étaient eux, Agnès et Lazarus, tels qu'ils auraient pu être. Non… tels qu'ils étaient. Qui sait si chaque obstacle en travers de leurs routes respectives n'avait pas été placé là dans le seul but de produire ce moment ?

Peut-être le destin de Lazarus n'avait-il jamais été celui qu'il avait imaginé, pas plus que le sien n'était de lui prêter allégeance. Peut-être leur véritable destin s'accomplissait-il maintenant, dans cette intimité qui grandissait à chaque nouvelle friction de leurs chairs. Ce qu'ils partageaient allait au-delà du plaisir, au-delà de la simple connexion. Ce n'était pas l'ébat frénétique de deux personnes en proie aux affres du désir. C'était une communion des âmes. Une mise à nu réciproque. Dans les bras l'un de l'autre, ils laissaient tomber leurs masques et se dévoilaient leurs cicatrices infligées par le monde. Par ceux censés veiller sur eux. Ou, dans le cas de Lazarus, par la perte des personnes qui l'avaient aimé.

C'était… réel. Sans plus qu'aucune barrière ne les sépare.

Agnès commença à convulser de plaisir, et à ses spasmes répondaient ceux du corps de Lazarus. Ils jouirent ensemble, front contre front. Leurs grognements mêlés se répercutaient contre les murs de pierre. Oui, c'était écrit, décida-t-elle. Depuis le début, ces murs étaient destinés à rendre un jour l'écho de leurs cris d'extase. Après quoi, elle se pelotonna contre Lazarus, une main étalée sur son torse.

— Nous rentrons à Liri demain, annonça-t-il. J'aimerais faire le voyage en une journée. T'en sens-tu capable ?

— Bien sûr.

— Je n'aurais pas dû te traîner ici.

— Tu as besoin de moi.

Elle leva les yeux et soutint son regard.

— Il n'y a pas de mal à l'admettre.

— J'ai besoin de toi, Agnès.

Une joie indicible la submergea. C'était tout ce qu'elle voulait entendre, depuis ce dîner à Paris où il lui avait affirmé l'inverse. Elle avait besoin de lui. Ce n'était que justice qu'il ait besoin d'elle aussi.

— Dans ce cas, je ne pars nulle part, décréta-t-elle. Je reste avec toi.

12.

Lazarus éprouvait une frustration grandissante à mesure qu'ils approchaient du palais. Il avait envie de faire quelque chose pour Agnès. Mais quoi ? Il l'ignorait. Lui offrir quelque chose, peut-être. Il lui aurait tout donné, s'il avait su comment. Et puis, d'autres priorités exigeaient son attention. Réconcilier les peuples de Liri et de la Forêt. Définir les principes d'un règne conjoint avec son frère. Il n'avait pas le temps de se tourmenter pour une femme qui, encore quelques semaines plus tôt, n'était que son garde du corps.

Mais elle était devenue bien plus que cela. La Forêt semblait avoir insufflé sa magie en elle, à la voir bondir avec légèreté de rocher en rocher. Au sommet du plus massif d'entre eux, elle s'assit une jambe repliée sous le menton, l'autre suspendue dans le vide. Elle avait l'air d'une fée. Et bientôt, elle serait sa princesse.

Pendant qu'elle chauffait son visage au soleil, Lazarus s'enfonça dans un fourré, où il tomba sur un buisson de chèvrefeuille orné de jolies fleurs blanches. Il avait l'habitude de créer des objets à partir de ce qu'offraient les bois. Il ne mit donc pas longtemps à tisser une couronne, non sans se sentir un peu ridicule tandis qu'il entrelaçait de ses larges mains de guerrier les branches délicates. Lorsque Agnès le rejoignit, il la déposa sur sa tête.

— Votre couronne, ma reine, déclama-t-il.

Les yeux d'Agnès s'illuminèrent. Jamais elle n'avait eu pour lui un sourire aussi rayonnant. Les robes de créateur qu'il lui avait achetées l'avaient laissée de marbre, alors que cela… ce simple objet issu de la Forêt suffisait à la faire resplendir de joie.

Un nœud se dénoua dans sa poitrine. Mais d'autres demeuraient. Agnès avait eu une vie difficile. Ne méritait-elle pas un homme sans blessures, plus apte au bonheur ? Il l'avait suppliée de lui apprendre à se reconnecter à ses émotions. C'était injuste de sa part. De quel droit réclamait-il d'elle qu'elle répare ce qui était brisé en lui, alors qu'il était incapable d'en faire autant pour elle, et ne le serait sans doute jamais ?

Pourtant, en la voyant si radieuse avec sa couronne de fleurs dans les cheveux, il ne pouvait que continuer à avancer à ses côtés. Tout ce qu'il avait cru être se désagrégeait entre ses doigts. Agnès était son ancre. Son chemin vers un avenir meilleur. Elle était celle par qui tout devenait possible.

Agnès flottait sur un nuage. La proposition de Lazarus avait été bien accueillie par le peuple de la Forêt. Non seulement cela, mais leur lien s'était renforcé. Il n'était plus question de ce qu'ils se devaient l'un à l'autre. Et maintenant qu'il avait convenu d'une alliance avec son frère, elle respirait mieux. Elle n'avait plus mauvaise conscience en regardant Tinley, et leur amitié s'était épanouie. C'était si agréable ! À quand remontait la dernière fois qu'elle avait eu une amie ? Peut-être jamais. Enfant, elle déménageait constamment et répugnait à mentir aux filles qu'elle côtoyait, puisque son père escroquait leurs parents. Elle avait donc grandi dans une profonde solitude.

Aujourd'hui, tout avait changé. Elle aimait Lazarus, de tout son cœur. Bien sûr, leurs journées au palais étaient moins intenses que la vie qu'ils menaient avant. D'autres devoirs l'accaparaient. Il était actuellement en réunion avec Alexius et plusieurs hommes de la Forêt afin de créer un gouvernement plus juste. Leur tâche consistait en rien de moins que réécrire une nation. De quoi donner le vertige ! Mais c'étaient des hommes bons, qui faisaient de leur mieux. Les questions en suspens trouveraient leurs réponses avec le temps, elle en était convaincue.

Quant à leurs nuits… Oh ! leurs nuits, elles, étaient devenues beaucoup plus intenses qu'avant. Il l'enlaçait chaque soir au moment de se coucher, puis la sollicitait à nouveau plusieurs fois pendant la nuit, entre deux phases de sommeil. Il était insatiable et elle aussi. Sans cesse en quête de cette connexion qu'ils n'avaient trouvée que l'un avec l'autre. C'était aussi vrai pour lui que pour elle, elle le savait. Et c'était la plus belle chose au monde.

Toutefois, ils n'avaient pas reparlé mariage une seule fois durant ces deux semaines au palais. Agnès n'avait jamais explicitement accepté de l'épouser, avait-elle réalisé. Elle n'avait simplement… pas refusé. C'était idiot, mais elle mourait d'envie qu'il renouvelle sa demande. Et justement, Tinley semblait avoir eu vent que Lazarus préparait quelque chose.

— Tout ce que je sais, c'est qu'il y aura beaucoup de desserts, lui confia-t-elle avec un large sourire.

— Alors c'est sûrement pour moi, commenta Agnès, des papillons dans le ventre.

— Et si vous me disiez la vérité sur votre relation avec Lazarus ?

Agnès ne voyait aucune raison de continuer à garder le secret.

— Eh bien, pour être honnête, nous n'étions pas vraiment fiancés lors de notre première visite. Lazarus pensait que cela adoucirait son image si nous faisions semblant d'être amoureux.

— Je vois. Mais vous, vous l'aimiez déjà, n'est-ce pas ?

— Oui, je l'aime depuis mes seize ans. Maintenant que les choses ont changé entre nous, je ne peux qu'espérer que ce soit réciproque. Mais j'ignore s'il sera un jour capable d'exprimer ses sentiments. Ce qui est sûr, c'est qu'il souhaite m'épouser. Pour de vrai.

Tinley hocha la tête.

— Je m'y connais en hommes qui peinent à ouvrir leur cœur. L'Alexius d'aujourd'hui est très différent de celui que j'ai côtoyé adolescente. À l'époque, c'était un mur. Et j'étais si persuadée d'être amoureuse de son frère que je ne comprenais pas les émotions qui m'assaillaient en sa présence. Mais c'était un homme exceptionnel. Je le savais déjà, bien avant qu'il ne m'avoue ses sentiments. Cela a été compliqué entre nous, au début. Le chemin n'a pas été de tout repos. Comme je l'ai expliqué, la perte de Lazarus puis celle de Dionysus avaient laissé de profondes séquelles en lui.

— Lazarus parle de nettoyer ses blessures, murmura Agnès.

— La question est : à quoi êtes-vous prête pour lui ? questionna Tinley. Attendez-vous de lui qu'il vous dise qu'il vous aime ? Qu'il vous le montre de la même façon que vous le faites ?

Agnès songea à l'adolescente acculée dans une ruelle de Paris. Elle se rappela comment il l'avait sauvée. Comment il lui avait appris à se battre avec une patience inépuisable. Comment ses muscles s'étaient affermis et ses instincts, aiguisés. On était tel qu'on avait été façonné, puis il arrivait qu'une nouvelle voie s'ouvre à soi. Mais le changement ne se faisait pas du jour au lendemain. Il requérait du temps, et le soutien de quelqu'un prêt à s'investir pleinement. C'était ce qu'il avait fait pour elle. N'était-ce pas à son tour de lui rendre la pareille ?

— Je suis prête à le prendre tel qu'il est, répondit-elle.

Le jour où il prononcera ces mots, mon cœur battra aussi fort, que ce soit demain ou dans trente ans. Que je sois ici ou ailleurs. À Paris à faire semblant de m'amuser en buvant du champagne, ou à ses côtés au palais et dans la Forêt. Je préférerais la seconde option.

— J'ai tout de suite su que vous étiez une femme forte, approuva Tinley. Je ne connais mon beau-frère que depuis peu, mais il ressemble tant à Alexius ! J'ai de la compassion pour lui, car je sais ce qu'Alex a traversé. Vous êtes exactement la personne qu'il lui faut.

Agnès acquiesça, mais Tinley n'avait pas terminé :

— Et lui ? Est-il capable d'être ce dont vous avez besoin ?

— Vous êtes-vous posé cette question quand vous avez dû décider à propos d'Alexius ? demanda Agnès.

Tinley sourit et secoua la tête.

— Non. Cela m'était égal, tant que j'étais avec lui.

— C'est pareil pour moi. Mon père a passé sa vie à courir après ce qu'il ne pouvait avoir. La fortune, la reconnaissance… J'étais là, moi. Je l'aurais aimé s'il avait daigné me donner un peu d'affection. Mais il ne me voyait que comme un pion. J'ai beaucoup voyagé à travers l'Europe. J'ai appris plusieurs langues. J'ai été riche de l'argent des autres, et parfois très pauvre. Mais jamais je n'ai été aussi heureuse qu'auprès de Lazarus, quelle que soit notre relation. Ce sont les gens dans notre vie qui font qu'elle vaut la peine d'être vécue. Pas le reste. Le bonheur, c'est d'avoir quelqu'un prêt à rester à nos côtés quoi qu'il arrive. Mon père est mort seul et malheureux, devant moi qui ne demandais qu'à être aimée.

— Vous faites preuve d'une grande sagesse pour votre âge, remarqua Tinley.

— Ni Lazarus ni moi n'avons eu le luxe d'avoir une jeunesse.

— Eh bien, j'espère que votre vœu s'exaucera ce soir.

Il allait demander la main d'Agnès, en bonne et due forme. Lazarus avait eu une vision d'elle en jeune mariée, une simple couronne de fleurs dans les cheveux. Il pourrait la couvrir de bijoux, et sans doute le ferait-il. Malgré cela, elle resterait toujours sa fée de la Forêt. N'importe qui pouvait étinceler sous l'or et les pierres précieuses. Mais seule une femme vraiment spéciale rayonnait seulement parée de verdure. Et son Agnès l'était.

Alexius lui avait suggéré un pique-nique dans les jardins. L'initiative avait beaucoup plu à Tinley, lui avait-il confié avec un clin d'œil complice. Lazarus ne savait que faire de cette nouvelle relation fraternelle. Il restait encore un peu emprunté face aux conseils personnels d'Alexius. Mais il n'y était pas réfractaire.

Lorsque Agnès apparut sur la terrasse, son cœur s'arrêta. Elle portait une robe orange vif qu'il ne connaissait pas, parsemée de petites fleurs de la même couleur. Le tissu léger ondoyait sur ses courbes et semblait s'embraser au contact de sa peau dorée. Sa chevelure d'ébène, relevée sur sa tête, dégageait son beau visage. Elle était exactement telle qu'il l'avait imaginée. Une fée de la Forêt.

Une fée et une guerrière.

Une onde de plaisir fusa dans ses veines. Il tenait profondément à elle. Il combattrait des armées entières pour la protéger. Lorsqu'elle sourit, il remarqua le subtil maquillage doré sur ses yeux et ses pommettes.

— Est-ce Tinley qui t'a aidée à te préparer ?

La jeune femme rougit.

— Oui. Cela te plaît ?

Il captura sa taille et l'embrassa avec fougue.

— Une chance que nous soyons dans un espace semi-public, susurra-t-il.

— Dommage, tu veux dire.

Étrange comme, après des années de cohabitation, ils découvraient à présent de nouvelles façons de se parler.

D'être l'un avec l'autre. Leur relation avait toujours été marquée par un profond sérieux dû à leurs positions respectives. Aujourd'hui, ils riaient et plaisantaient. Il pouvait la toucher autant qu'il le voulait, et cela ne semblait pas lui déplaire. Au contraire, elle le lui rendait bien. C'était ce qu'il aimait chez elle, l'enthousiasme avec lequel elle répondait à sa passion. Physiquement, elle était son égale à tout point de vue.

Elle s'avança au centre des jardins, où une table avait été dressée pour deux, éclairée par des lanternes suspendues dans les branches d'un arbre.

— C'est magnifique ! s'exclama-t-elle.

Un sourire incurva ses lèvres comme ses yeux se posaient sur les bois.

— C'est drôle, tu ne trouves pas ? De se sentir dans un autre monde à cinquante mètres à peine de là d'où nous venons.

Elle se mordit aussitôt la lèvre, l'air penaud.

— Enfin, toi, tu viens d'ici.

La poitrine de Lazarus se serra. C'est vrai, il venait d'ici. C'était dans ces jardins mêmes qu'Alexius et lui jouaient quand leur ballon avait roulé dans la Forêt.

— Je vois ce que tu veux dire, murmura-t-il.

— Tant mieux.

Il la regarda s'asseoir, dos aux bois. Elle avait raison : il n'était pas allé très loin. Et elle non plus. Ne lui avait-il pas promis plus ? Une chance de voler de ses propres ailes ? Il fallait avoir un ego surdimensionné pour considérer son corps comme la seule expérience dont elle ait besoin. Il voulait plus que cela pour elle. Et puis… il y avait quelque chose d'oppressant à être assis là, dans ces jardins. Il aurait dû y penser. À ce que cela lui ferait de se retrouver ici avec elle.

Mais il n'avait pas menti en disant vouloir l'épouser. La bague attendait dans sa poche. Il avait fait venir des plateaux entiers de modèles de la meilleure joaillerie de Liri et sélectionné le plus somptueux. Une bague trop ostentatoire pour le style d'Agnès, mais il tenait à lui offrir ce qu'il y avait de plus beau. À présent, le moment était venu. Elle méritait une vraie demande en mariage après tout ce que lui-même avait exigé d'elle.

Pourtant, le doute le rongeait. Il lui avait fait une promesse. Qu'est-ce qui avait changé ? N'avait-elle pas décrété vouloir reprendre sa liberté ? Mais il avait mis cela sur le compte de son orgueil blessé. Elle l'avait très mal pris quand il avait prétendu ne pas avoir besoin d'elle. Un mensonge. Il avait besoin d'elle, plus qu'il n'avait de mots pour le dire. Il avait besoin d'elle au sens le plus viscéral du terme. Une sensation inconnue lui vrilla le cœur à cette pensée.

— Dire que ces bois ont fait tant de mal et détruit tant de vies, là où toi et moi nous y sentons chez nous, lança Agnès.

Était-ce le cas ? S'y était-il jamais vraiment senti chez lui ?

— Le dîner ne va pas tarder à être servi, annonça-t-il, la gorge sèche.

Il n'avait pas peur de la Forêt, non. Mais pour une raison inexplicable, voir Agnès assise là, à quelques mètres de sa lisière, le mettait mal à l'aise. Il y avait eu un temps où c'était lui le danger rôdant dans l'ombre, à l'affût de Tinley. Il n'aimait pas voir Agnès dans la même position. Sans parler du traumatisme que ces lieux ravivaient et qu'il aurait préféré oublier à jamais.

— As-tu remarqué qu'on ne voyait jamais les loups ? observa Agnès.

— Ils existent, répondit froidement Lazarus. Je les ai vus.

— Bien sûr. Je voulais juste dire…

— Je sais.

Le dîner fut servi, et il fit de son mieux pour ignorer l'étau lui étreignant la poitrine. Il y avait du steak et du pain frais, ainsi que quelques légumes pour faire bonne mesure, bien qu'Agnès n'en fût pas friande. Puis vint l'incontournable plateau de gâteaux, qui remporta un franc succès auprès de la jeune femme. Le moment approchait de faire sa demande. Mais à peine le repas terminé, Agnès se leva et s'approcha de l'orée des bois. Lazarus la suivit.

C'est là que tout s'embrouilla. Des images surgirent brusquement devant ses yeux. Les jardins… Mais tels qu'ils étaient autrefois, quand il était petit. Et son ballon, rebondissant vers les bois. Il lui avait couru après. Quelque chose avait bougé dans les buissons, et le ballon avait roulé plus loin entre les arbres… poussé par une main. Il se rappelait avoir eu peur. Mais il était prince, et un prince ne devait avoir peur de rien. Lui et son frère jouaient souvent aux héros avec leurs épées en bois. Lazarus savait exactement quoi faire face à un ennemi. Il n'avait pas fui. Récupérer son ballon était sa mission.

Alors il s'était enfoncé dans la pénombre. Sa première erreur. Impossible de voir à plus de quelques pas. Puis il avait aperçu son ballon plus loin encore et s'était élancé dans sa direction. Et là, l'espace d'une fraction de seconde, un visage d'homme était apparu dans les buissons, juste derrière le ballon…

Agamemnon.

Le sang de Lazarus se glaça dans ses veines. Ce n'était pas par accident s'il s'était perdu dans les bois. On l'y avait attiré. Tout avait été planifié depuis le début. Les loups… Agnès avait raison. Pourquoi ne les entendait-on plus ? Un goût métallique lui emplit la bouche. Les chiens d'Agamemnon. Ces chiens dont il avait pris soin jusqu'à leur mort naturelle. Les mêmes qui avaient failli le déchiqueter…

Sur ordre de leur maître.

C'était Agamemnon qui aspirait à une rébellion sanglante, et Lazarus devait lui servir de bras armé. La seule chose qu'il n'avait pas prévue était son propre décès prématuré.

Tout n'était qu'un mensonge. Il n'avait pas été sauvé mais manipulé. Entraîné au combat. Ce qu'Agamemnon lui avait révélé sur la spoliation de son peuple était la vérité. Ses recherches en dehors de Liri le lui avaient confirmé. Sa colère était donc justifiée. Mais ce qu'il avait fait… Sans doute était-il aussi responsable de la mort de Dionysus, ce frère qu'il n'avait pas connu. Sur lui aussi, Agamemnon avait lâché ses chiens. Le reste du temps, il les gardait enfermés. Dire qu'il avait cru à cette histoire de loups n'attaquant pas le peuple de la Forêt… Et à toutes les autres légendes racontées autour du feu. Il y avait cru pour oublier que sa famille n'était jamais venue le chercher.

Il aurait tué son propre frère au nom de la vengeance meurtrière d'Agamemnon. Il était le seul père qu'il ait eu, le seul dont il se souvienne. Il aurait fait n'importe quoi pour lui. Sa famille n'était pas maudite. Elle avait été prise pour cible pour des crimes dont elle ignorait tout, commis par un arrière-grand-père qu'elle n'avait jamais connu. Leurs vies à tous avaient été anéanties. Quant à lui, on l'avait déraciné et transformé en arme.

Cette découverte l'emplissait d'horreur. Il n'était pas ce qu'il avait cru être. Il ne savait rien sur lui-même. Rien ! Et il voudrait enchaîner Agnès à lui pour toujours ? La condamner à un rôle de pansement sur les fractures irréparables de son âme ? Non, il ne pouvait pas lui faire cela. Sa rage était trop dévastatrice. Elle écraserait tout sur son passage. Elle le détruirait lui, et elle aussi.

Il l'avait suppliée de lui apprendre à aimer, avide d'une connexion avec un autre être humain. Et il l'avait ressentie avec elle. Mais il ignorait comment la lui rendre. Dans ses veines coulait du poison. On l'avait dupé toute sa vie, et il détestait cela. Il était plein de haine. Comment pourrait-il en son âme et conscience la garder auprès de lui ? Il n'était qu'un mensonge, lui et tout ce à quoi il avait cru. Qu'Agamemnon lui avait sauvé la vie. Qu'il lui devait allégeance pour cela, à charge pour lui de perpétuer cette obscure pratique. Il avait cru qu'il lui avait appris tout cela par affection, parce qu'il tenait à lui. Au lieu de quoi il n'avait fait que le manipuler. Il avait été kidnappé et mis en danger par l'homme même qui prétendait l'avoir sauvé.

Puis était venue Agnès. Agnès, qu'il avait liée à lui par serment. Et elle lui avait été si reconnaissante ! Exactement comme il l'avait été envers Agamemnon. Quels sentiments authentiques espérer à partir de là ? Leur relation était corrompue depuis le début. Comment la demander en mariage et lui faire la moindre promesse ? La réponse était simple. Il ne le pouvait pas.

Il devait lui rendre sa liberté. L'obliger à partir. À Paris, en Ohio… où cela lui chantait. Ses sentiments n'étaient que le fruit d'une pratique douteuse qui plaçait un fardeau trop lourd sur les épaules de la personne sauvée. Il devait lui donner la chance que lui n'avait jamais eue. Celle de désapprendre ce qu'il lui avait appris. De décider par elle-même quelle personne elle voulait devenir. Il ne pouvait pas faire d'Agnès un substitut au cœur que des années de manipulation l'avaient empêché de développer. Ce serait injuste. En lui n'existait que colère, et elle ne laissait aucune place pour ce que partageaient Alexius et Tinley. Aucune.

Quand il ne lui demanda pas sa main à la fin du dîner, il lut la déception sur son visage. De retour dans leur chambre, elle commença à se déshabiller. Il arrêta son geste.

— Agnès, j'ai quelque chose à te dire.

L'espoir se ralluma dans ses yeux sombres. Plus vite il l'éteindrait, mieux ce serait. Elle ne le comprendrait pas, mais c'était une faveur qu'il lui faisait. Il lui devait bien cela.

— Le moment est venu de t'en aller, Agnès. Tu logeras dans un appartement confortable, dans la ville de ton choix. Peu importe le pays, c'est toi qui décides. Et tu t'inscriras à l'université locale.

— Quoi ?

— Nous en avons déjà discuté. Tu voulais reprendre ta liberté.

— C'était avant. Tu le sais bien.

— Non, c'est maintenant. Te garder était le choix de la facilité. Tu faisais une reine idéale, belle et forte à la fois. La seule femme qui soit mon égale en tout. Renoncer à toi est la chose la plus difficile que j'aie jamais eue à faire.

— C'est tout ?

Il hocha la tête, la gorge nouée.

— J'ai pris conscience de certaines choses et…

— Et quoi ?

— Ce que je t'ai demandé cette nuit-là, près du feu… L'amour est une chose qui me dépasse, Agnès. Je suis tel qu'on m'a façonné.

— Agamemnon a pris soin de toi…

— Agamemnon m'a menti, la coupa-t-il. Je ne l'ai réalisé que tout à l'heure, dans les jardins. Soudain, je me suis souvenu… Il était là. C'est lui qui m'a attiré dans les bois. Tout est faux, y compris le serment qui nous lie. Il m'a enlevé à ma famille en affirmant que je ne comptais pas pour elle. Tel est l'homme qui m'a élevé. Personne ne m'a jamais aimé, Agnès.

— Moi, je t'aime.

— Tu m'es seulement reconnaissante de t'avoir sauvé la vie. Comme moi avec Agamemnon. Crois-moi, je suis bien placé pour savoir quelle influence un tel acte peut avoir.

— C'est différent, objecta Agnès. Je sais ce que je

ressens. Je suis forte, tu l'as dit toi-même. Alors comment peux-tu me renvoyer ?

— Je le fais pour ton bien.

— Non, tu le fais pour le tien.

Ses mots étaient plus tranchants que la lame de son épée. Comme elle, ils n'épargnaient pas leur cible.

— Ce qui se passe entre nous t'effraie, depuis le début, continua-t-elle. C'est pour cela que tu me chasses. Parce que tu as peur de moi.

— Non.

— C'est de la peine que tu ressens, Lazarus. Que cela soit mérité ou non, tu étais profondément attaché à Agamemnon, et cela te blesse qu'il t'ait menti. C'est normal.

— Ce n'est pas si simple, Agnès.

— Alors explique-moi. Je ne suis pas stupide. Je ne demande qu'à t'écouter.

— Personne…

— Ne peut te comprendre ? termina-t-elle à sa place. As-tu déjà essayé ? Qui te connaît Lazarus, à part moi ? Ne me dis pas que je ne peux pas comprendre ! Je suis celle qui te connaît le mieux, parce que nous avons parlé et passé du temps ensemble. Si je suis là, c'est parce que je tiens à toi, pas à cause de ton sang royal ou d'une quelconque mission. Alors dis-moi de quoi tu as peur et je brandirai mon épée pour toi !

— Il ne s'agit pas d'avoir peur. Je regarde simplement la réalité en face, répondit Lazarus. Si Agamemnon m'a menti, il ne m'a pas sauvé. Et s'il ne m'a pas sauvé, rien ne nous liait. Tu mérites une chance de découvrir qui tu es par toi-même.

— Je le sais déjà, Lazarus. J'ai joué de nombreux rôles dans ma vie sur ordre de mon père. J'ai appris à discerner le vrai du faux. Je sais ce que je ressens et quand on me ment. Ce qu'il y a entre nous est bien réel. Tu n'as rien à m'apprendre dans ce domaine. Ce serait même plutôt l'inverse.

— Non, ce n'est pas ton rôle. Tu n'es pas…

— Cesse de me dire que je ne suis pas assez forte ! Je ne suis plus la fille que tu as ramassée dans cette ruelle !

Elle se tut, comme frappée par un éclair de lucidité.

— Ou peut-être que si, reprit-elle plus posément. Peut-être le suis-je toujours. J'étais déjà forte, alors, même avant que tu ne me sauves. Même sans épée. J'ai survécu. Chaque jour de ma vie, j'ai survécu. Tu dis que tu n'as pas besoin de moi, que tu sais te battre sans moi… En es-tu certain ? Et si c'était moi, ta force ? Si j'étais plus qu'un simple garde du corps ? Si j'étais… ton cœur ?

— Pars, intervint-il. La discussion est close. Mais sache que je ne coupe pas les ponts, Agnès. Je continuerai à veiller sur toi.

— J'aimerais tellement pouvoir refuser… Mais je n'en ai pas les moyens, murmura Agnès. J'ai besoin de ton aide financière, c'est une réalité. Je dois trouver un endroit où vivre et apprendre un métier. Alors je ne peux qu'accepter le soutien que tu m'offres. Toi aussi, tu as besoin de moi. Tu ne t'en rends simplement pas compte.

Il tourna les talons. Les battements de son propre cœur sonnaient creux à ses oreilles.

— Tu ne m'as pas dit où tu souhaitais être envoyée…

— Alors c'est décidé ? Je n'ai pas mon mot à dire ?

— Si. Sur ta destination.

— Dans ce cas, Paris. Envoie-moi à Paris.

Il la congédia d'un geste désinvolte de la main.

— C'est comme si c'était fait.

13.

Une semaine s'était écoulée depuis que Lazarus avait renvoyé Agnès. Une semaine depuis la dernière fois qu'il l'avait vue. Qu'il l'avait serrée dans ses bras. C'était mieux ainsi. L'ignoble vérité sur son passé l'avait dévasté. Depuis, il en avait longuement discuté avec Alexius. Mais pas une fois le nom d'Agnès n'avait été mentionné. Tinley, elle, le fusillait du regard chaque fois qu'elle le croisait. Sur ce point, ils auraient du mal à faire la paix. Peut-être était-il d'ailleurs incapable d'apporter la paix à qui que ce soit. Il l'avait accepté, puisqu'il ignorait comment être en paix avec lui-même.

Le dîner touchait à sa fin quand son frère se décida à aborder le sujet.

— Agnès sera-t-elle bientôt de retour parmi nous ? s'enquit-il.

— Non.

Il l'avait installée dans un bel appartement à Paris et avait engagé quelqu'un pour la guider dans son inscription à l'université. Aux dernières nouvelles, elle n'avait pas encore choisi son cursus. Mais elle lui en voulait. Peut-être gardait-elle le silence simplement pour qu'aucune information ne remonte jusqu'à lui.

— Je vois, dit Alexius. Peut-on savoir pourquoi ?

— Agnès a besoin de voir le monde et de vivre par

elle-même. Il y a certaines choses que tu ignores sur notre relation…

— J'en doute, intervint Tinley. Je lui ai répété ce qu'Agnès m'avait confié. Mon mari et moi n'avons aucun secret l'un pour l'autre.

— Comme c'est touchant, grogna Lazarus.

Sa gorge se serra.

— Je vous ai raconté ce qui m'était arrivé. Notre famille n'est pas maudite, elle a été prise pour cible. C'est très différent. La seule personne en qui j'avais confiance m'a menti toute ma vie. Il avait déjà résolu de se venger en se servant de moi. C'est lui qui est derrière la mort de Dionysus.

— Je sais, murmura Alex. Cela va te paraître étrange, mais c'est presque un soulagement pour moi. J'ai toujours cru que… que c'était à cause de moi. De quelque chose que j'avais fait.

Tinley roula des yeux.

— Non, mais regardez-vous, tous les deux. Pas un pour rattraper l'autre. Rien de ce qui est arrivé n'est votre faute. Tu n'es pas responsable, Alex…

Elle se tourna vers Lazarus.

— Et toi non plus. Agnès le sait. Elle t'aime.

Lazarus secoua la tête.

— Ce n'est pas cela… Je ne me reproche pas ce qui s'est passé avant ma naissance. Je m'en veux d'avoir cru en la mauvaise personne. Comment pourrais-je encore avoir confiance en moi-même ? En ce que je ressens ?

Agnès disait l'aimer. Quelque chose en lui s'accrochait désespérément à cela. Il se languissait de la toucher, d'être près d'elle. De se laisser consumer par leur alchimie. Mais ses émotions n'étaient pas fiables. Elles se jouaient de lui, et avec quel impact pour Agnès ? Car c'était à elle qu'il pensait, pas à lui-même.

Oh ! vraiment ?

Agnès, son Agnès, si belle, si intelligente, était partie sur son ordre. Quand lui l'avait voulu. Et si elle avait décidé de le quitter un jour, dans quelques années ? S'il s'était mis à croire en cet amour, seulement pour découvrir qu'il n'y avait rien de tel entre eux ? Que ce n'était qu'une illusion due à son inexpérience ?

— Tout le monde ment ou presque, décréta Tinley. Ma propre mère m'a longtemps traitée comme si quelque chose clochait chez moi. Je sais à quel point il est difficile de trouver sa place à cause de ce qu'on a voulu te faire croire. Mais quand une personne te dit qu'elle t'aime et te le prouve, encore et encore… N'est-ce pas ce qu'Agnès a fait, Lazarus ? N'a-t-elle pas toujours été là pour toi ? Elle t'aime. Cet amour, elle ne s'est pas contentée de l'exprimer ou de le ressentir. Elle te l'a démontré par ses actions, chaque jour pendant huit ans.

— Mais…

— Tu l'as éloignée parce que tu as peur. Peur de souffrir comme lorsque tu as perdu ta famille. Mais pose-toi cette question : es-tu plus heureux maintenant ?

Il dévisagea sa future belle-sœur.

— J'ignore ce que je ressens, ou si je suis même capable d'émotions. Je ne comprends pas ce que c'est qu'aimer…

— Si la vie d'Agnès était en danger, risquerais-tu la tienne pour la sauver ?

— Bien sûr, répondit-il sans hésiter.

— Si elle avait froid, lui donnerais-tu ton manteau ?

— Évidemment.

— Si tu pouvais avoir une autre femme dans ton lit, tout en sachant qu'Agnès en souffrirait…

— Je ne veux personne d'autre.

— Et tu te demandes encore ce qu'est l'amour ?

— Je vous ai vus ensemble, toi et Alexius, persista Lazarus. Il y a de la tendresse entre vous. Une douceur que je n'ai pas…

— Cela n'a pas toujours été le cas, intervint Alex.

— C'est vrai, confirma Tinley. Au début, nous étions terrifiés. Puis nous avons appris à croire en notre amour. Cela n'a pas été facile. Aimer est un sentiment inconfortable quand il abat une à une les défenses construites autour de son cœur. C'est même très douloureux.

Ce devait être bon signe, songea Lazarus, car il était au supplice.

— Mais comment fait-on ? insista-t-il. Comment peut-on être sûr que tout ira bien ?

— Il n'existe aucune garantie, répondit Alex. La Forêt des Ombres est toujours là, et les personnes malintentionnées aussi. C'est la vie. Mais quand on est amoureux, tout devient moins effrayant. Si tu trouves une personne qui rend les épreuves dignes d'être vécues, alors ne la laisse pas filer. Tu n'as peut-être pas confiance en ton cœur, Lazarus. Mais as-tu confiance en Agnès ?

Agnès, si courageuse et lumineuse. Comment ne pas avoir confiance en elle ? C'était par peur qu'il se cachait, il le savait. Agnès avait raison, il la sous-estimait. Elle qui lui avait juré une fidélité sans faille et un amour inconditionnel… Et lui, que lui avait-il juré ? Rien. Si personne ne le comprenait, c'était parce qu'il n'avait jamais baissé sa garde. Parce que, comme l'avait dit Tinley, ouvrir son cœur était douloureux. Ce n'était pas Agnès qui n'était pas assez forte, mais lui. Être fort, ce n'était pas seulement être un roc, indestructible et immuable. La vraie force se cachait dans la douceur que possédait Agnès. Dans sa vulnérabilité. Elle l'avait dit elle-même : et si elle était son cœur ?

Un cœur qu'il s'était arraché pour l'expédier à des milliers de kilomètres. Et pour quoi ? Pour se prémunir contre d'autres blessures. Contre une nouvelle trahison. Car Agamemnon l'avait bel et bien trahi. Découvrir qu'il s'était trompé sur toute la ligne avait été une véritable gifle.

Mais Agnès était restée à ses côtés. Elle l'avait accepté, avec ses défauts et ses erreurs. Comme elle l'avait toujours fait. Et il l'avait renvoyée par peur. Était-il donc si faible ?

— Je dois aller la chercher, annonça-t-il en se levant abruptement.

— Il était temps, dit Tinley.

— Le plus tôt sera le mieux, renchérit Alex. Mon jet privé est à ta disposition.

Lazarus n'opposa aucune objection.

14.

Agnès n'avait plus de larmes pour pleurer. C'était ce qu'elle se disait chaque matin en feuilletant le catalogue de l'université où elle était censée commencer prochainement ses cours. Chaque après-midi en déambulant à travers les parcs et les musées. Chaque soir en s'asseyant devant la tour Eiffel avec du pain, comme elle le faisait à seize ans. Après quoi, elle allait se coucher et fondait de nouveau en larmes.

Sa tristesse semblait ne jamais devoir s'apaiser. Penser à Lazarus lui brisait le cœur. Elle était là, à Paris avec d'infinies possibilités devant elle, libre de faire ce qui lui plaisait, et elle en était réduite à sangloter comme une fontaine.

Elle s'assit sur le muret en ciment devant la tour et tira un morceau de baguette d'un sachet en papier. Au moins, elle pouvait s'acheter tout le pain qu'elle voulait, désormais. Une paire de chaussures s'immobilisa devant elle. Des chaussures noires de qualité, impeccablement cirées. Rien d'extraordinaire en soi. Pourtant, le temps s'arrêta. Lentement, elle leva les yeux.

C'était lui. Lazarus.

Ici, à Paris. Devant la tour Eiffel.

— Un jour, une fille m'a dit qu'elle venait s'asseoir ici et rêver que quelqu'un l'aime, dit-il en s'installant à côté d'elle.

Le cœur d'Agnès battait la chamade.

— Vraiment ? Eh bien, c'est idiot.

— Dommage. J'avais bien envie de rêver un peu, moi aussi.

Sa poitrine se serra.

— Tu n'as pas besoin de rêver. Tu avais quelqu'un qui t'aimait.

Il poussa un soupir. Un soupir sincère, empreint de regret.

— Je suis désolé, Agnès. Tu avais raison, j'avais peur. J'ai été lâche. Le choc que j'ai ressenti en apprenant que j'avais placé ma confiance dans la mauvaise personne… je n'y étais pas préparé. Ma vie était un mensonge, alors tout le reste devait l'être aussi. C'était stupide de croire cela. Tu n'es pas un mensonge, Agnès. Tu as toujours été juste, franche et loyale. Tu m'as montré de centaines de façons ce que c'était que d'aimer. De mon côté, c'était comme si un poison me dévorait la poitrine. Ce ne pouvait pas être de l'amour. Mais une personne sage m'a appris que l'amour faisait mal quand il s'attaquait aux remparts autour de son cœur.

— Oh ! Lazarus…

Les yeux d'Agnès s'embuèrent.

— Une personne sage, en effet.

— Je sais que j'arrive un peu tard, continua-t-il. Mais si je suis ici, à Paris, c'est pour te dire que je t'aime. Quoi qu'ait fait Agamemnon, mon chemin m'a conduit à toi, Agnès. Et cela, ce n'est pas une erreur. Rien n'est plus vrai que toi et moi.

Agnès se jeta à son cou et laissa couler ses larmes. Lazarus la serra dans ses bras avec une douceur inattendue. Il y avait une profonde sincérité dans ce geste, une intimité qui démontrait tout le chemin parcouru dans leur relation.

— Épouse-moi, dit-il en lui essuyant la joue. Pas pour les apparences, ni parce qu'il me faut une reine, mais parce que je t'aime. J'ai besoin de toi.

Agnès songea au passé, au présent et à l'avenir. Plus aucun ne l'effrayait. Elle était cette adolescente qui s'était assise là en rêvant. Et elle était aussi cette femme dans les bras de Lazarus, dont elle ne partirait plus jamais.

Il lui prit la main et la tira debout, puis commença à marcher.

— Où allons-nous ? demanda-t-elle.

— Chez nous.

Cette réponse évasive la fit rire.

— Et c'est où, chez nous ?

Il revint sur ses pas pour encadrer son visage de ses mains.

— Pour moi ? C'est là où tu es, Agnès. À Liri ou ici le temps de tes études, peu importe. Tout ira bien. J'ai confiance en Alexius.

— Tu me laisserais rester ici ?

— Si c'est ce que tu souhaites.

Elle sourit.

— Tu sais quoi ? Je crois que je préférerais retourner dans la Forêt.

— Tu dis cela parce que tu ne peux plus te passer de ma baignoire…

— Tu m'as percée à jour.

Il se pencha et pressa un baiser sur ses lèvres.

— Tout ce que tu veux, Agnès de mon cœur. Tu m'as sauvé la vie. Je te fais le serment de t'aimer et de t'être fidèle, maintenant et pour le restant de mes jours.

Vous avez aimé *L'épouse du roi disparu* ?
Retrouvez en numérique l'univers de Maisey Yates
et le royaume de Liri !

1. *Amoureuse d'un roi*
2. *L'épouse du roi disparu*

Retrouvez prochainement, dans votre collection

AZUR

Trahie par son fiancé, de Chantelle Shaw - N°4455
Alors qu'elle s'apprête à épouser Jace Zagorakis, un nabab plus beau qu'un dieu de l'Olympe, Eleanor découvre avec horreur que son fiancé n'est autre que l'ennemi de son grand-père. Loin de l'aimer, il ne cherche à travers leur mariage qu'à mettre la main sur le luxueux hôtel dont elle est l'héritière ! Dévastée, elle fuit cet homme qui l'a trahie, jusqu'à ce qu'il la retrouve un an plus tard pour la contraindre à tenir sa promesse : soit elle devient sa femme, soit il ruinera sa famille...

Trop proche de lui, de Millie Adams - N°4456
La vie est un jeu dangereux, la princesse Annick l'a appris à ses dépens. Alors qu'elle vient tout juste de recouvrer sa liberté, après des années de captivité, il lui faut monter sur le trône que ses ennemis convoitent. Traquée de toutes parts, elle demande son aide à Maximus King. Seul un homme de son étoffe pourra la protéger et lui permettre d'accomplir sa destinée en servant son peuple. Or celui-ci pose immédiatement ses conditions : il sera l'allié d'Annick, si elle fait de lui son roi...

Le bébé de Sa Majesté, d'Annie West - N°4457
Il suffit d'un regard pour qu'Aurélie succombe au charme du ténébreux Lucien. Et, bien qu'il lui affirme n'être que de passage dans la région, elle s'abandonne entre ses bras durant une nuit fabuleuse. Une nuit sans lendemain mais qui révèle bientôt ses conséquences... : Lorsqu'elle se retrouve enceinte, Aurélie se met en quête de son amant et découvre avec consternation qu'il n'est autre que l'héritier de Vallort – un roi !

Le baiser du prince, de Katrina Cudmore - N°4458
« Je veux que tu sois ma femme... » Face à la proposition du prince Edwin, Kara reste sans voix. Certes, il ne s'agirait entre eux que d'une union de convenance permettant à son meilleur ami d'accéder au trône de Monrosa, pourtant elle redoute de compromettre ce lien unique qui les lie depuis l'adolescence. Incapable d'abandonner Edwin à son sort, Kara accepte d'être sa princesse. Or le baiser destiné à sceller leur accord la bouleverse soudain, quand de chaste il se fait brûlant...

La douce morsure du désir, de Jennifer Garland - N°4459

Pour Emily, Sandlake Meadows est bien davantage qu'un domaine consacré à l'élevage de pur-sang. C'est son histoire, son héritage – toute sa vie ! Aussi, quand Mark Callaghan, un arrogant promoteur immobilier, lui propose d'acheter ses terres, est-elle sur la défensive. Comment pourrait-elle accepter que ces lieux chargés de souvenirs soient dénaturés à jamais par cet homme d'affaires puissant et sans scrupule ? Hélas, ce dernier se montre aussi persuasif qu'irrésistible. Et à mesure qu'ils se rapprochent tous les deux Emily craint de ne bientôt plus pouvoir résister au désir fou qu'il lui inspire…

Son irrésistible patron espagnol, de Susan Stephens - N°4460

Grand, ténébreux et viril : Raffa Acosta est l'homme le plus sexy de la terre, selon Rose. Mais il est surtout son patron, elle ne doit pas l'oublier, même si ce soir tous deux dansent langoureusement à l'occasion d'un mariage. Dès demain, Raffa redeviendra le célèbre joueur de polo que tout le monde admire et elle, une simple palefrenière. Du moins le croit-elle, car il lui propose soudain de passer une semaine en tête à tête avec lui, sur son yacht…

L'héritière d'une île grecque, de Jennifer Faye - N°4461

Les chanceux qui se disent oui sur l'île de l'Éternité resteront unis à jamais. La légende est si belle que les couples affluent du monde entier pour se marier là, dans cet endroit enchanteur dont Lea est l'héritière. Hélas, malgré tous ses efforts pour développer sa société d'organisation de mariages, Lea rencontre de grandes difficultés financières. Pas question pour autant d'accepter l'offre d'achat de Xander Marinakos qui ne voit dans ce lieu romantique qu'un moyen d'étendre son empire…

La reine de Cyrano, de Marcella Bell - N°4462

SÉRIE : *GARDE ROYALE* - 1/3

Enfin, Mina voit son rêve se réaliser : elle vient d'être nommée conseillère scientifique du souverain de Cyrano. Un grand honneur et l'occasion pour elle de servir son pays. Hélas, à peine a-t-elle le temps de se réjouir qu'elle est enlevée et conduite de force dans une chapelle où l'attend le roi Zayn lui-même. Celui-ci, qu'elle rencontre pour la première fois, a une révélation à lui faire : un accord a été conclu entre leurs pères respectifs il y a bien longtemps de cela et, s'il entend qu'elle joue un rôle auprès de lui, c'est en tant que son épouse et sa reine…

Le rêve d'Izzy Stowe, de Cathy Williams - N°4463

SÉRIE : *LE MYSTÈRE DES STOWE* - 2/3

C'est le cœur brisé qu'Izzy Stowe se réfugie dans le ranch familial. Sous le soleil californien, elle espère panser ses blessures. Mais dès son arrivée elle se heurte à Gabriel Ricci, son irascible voisin. Alors qu'elle voudrait le détester, Izzy le découvre papa d'une adorable fillette dont il craint de perdre la garde s'il ne peut témoigner de sa stabilité. Un défi que Gabriel lui demande de relever avec lui, en se faisant passer pour sa fiancée…

Dans le lit d'un milliardaire, de Louise Fuller - N°4464

De retour d'une exploration polaire, Arlo Milburn est heureux de rentrer à Hadfield Hall, son manoir isolé et tranquille. Or alors qu'il se croit seul il découvre une inconnue dans son lit ! Celle qui se présente sous le nom de Frankie est une amie de son frère, lui explique-t-elle, tout en éveillant chez lui méfiance… et désir. Bien qu'il veuille lui demander de partir, il ne peut s'y résoudre. Une tempête fait rage dehors, et Arlo n'a d'autre choix que d'offrir l'hospitalité à la belle intruse…

La vengeance de Lazaro Herrera, de Jane Porter - N°4465

Lazaro Herrera ! En découvrant l'identité de son ravisseur, Zoé a le souffle coupé. L'homme qui l'a si honteusement kidnappée n'est autre que le beau-frère de sa sœur ! Dans son regard, elle lit une colère froide qui ne laisse pas l'ombre d'un doute : elle est l'instrument parfait de sa vengeance. En s'en prenant à elle, en effet, il ne manquera pas d'atteindre sa sœur et son mari, à qui il reproche d'avoir gâché sa vie. Face à cet homme si ténébreux, Zoé est démunie… mais aussi confuse. Car, lorsque Lazaro s'approche d'elle, l'alchimie qui opère entre eux se fait dangereusement tentatrice…